LE

LIVRE

DES FAIBLES.

Par Emilien FROSSARD, Pasteur.

Pais , mes agneaux.
Jean , xxi, 15.

✻✺✲➤ ◆ ✦✺✻

PARIS ,
Chez Delay , rue Tronchet , 2.

1845.

(Publié comme supplément aux
" Archives évangéliques » 8° D 2)

(Img. f^bre 7 et suiv.)

LE
LIVRE DES FAIBLES.

EXPOSITION.

Pais , mes agneaux !
JEAN , XXI , 15.

La formation des églises visibles est comparée , dans les enseignemens de Jésus-Christ , à ce qui se passe lorsque les pêcheurs , « après avoir jeté leurs filets à la mer , rapportent au rivage toutes sortes de choses bonnes ou mauvaises. » Le nom de *chrétien* , conféré en même temps que le baptême d'eau , réunit une foule d'hommes qui diffèrent profondément par leurs croyances et par leurs mœurs.

Je crois qu'on pourrait , assez justement , les diviser en trois classes.

En commençant par celle que nous devons considérer comme la moins digne du beau nom de chrétien , nous trouvons la classe des incrédules et des adversaires déclarés de l'évangile , en ce qui concerne la doctrine , et la classe des pécheurs scandaleux , en ce qui concerne la morale.

La seconde se compose de formalistes qui adhèrent tacitement à l'évangile , mais qui ne reçoivent aucune influence salutaire de sa part , qui suivent avec plus ou moins d'assiduité les pratiques du culte , mais sans faire pour cela plus de progrès , et qui ont trouvé , par un inconcevable compromis, le moyen d'allier un apparent attachement à la piété avec un attachement trop réel au monde.

La troisième classe est celle des chrétiens déclarés, qui non-seulement ont accepté la vérité de l'évangile, mais encore s'efforcent, chaque jour, de vivre selon l'évangile, c'est-à-dire, selon les règles de la sainteté, de la tempérance et de la piété, offrant, chaque jour, à Dieu leur corps et leur cœur en sacrifice vivant et saint, se glorifiant de la croix de Christ, et acceptant avec joie, quand il le faut, les opprobres que le monde réserve aux disciples du Crucifié.

L'Esprit, dans ses reproches à l'église de Laodicée, semble diviser ainsi les membres de l'église extérieure, quand il dit : *Tu n'es ni froid,* c'est-à-dire, incrédule, *ni bouillant,* c'est-à-dire, chrétien décidé et actif ; *tu es tiède,* c'est-à-dire, formaliste, *c'est pourquoi je te rejeterai de ma bouche.....*

Toutefois, ai-je dépeint tous les élémens qui composent l'église visible ? Non, sans doute ; car j'y trouve encore une quatrième classe de personnes que le Seigneur n'oublie pas ; elle est composée des pécheurs qui viennent d'être réveillés, des chrétiens appelés d'hier. Ceux-ci ont reconnu, par la grâce de Dieu, le vide, le déplorable néant de l'incrédulité et du péché ; ils ont secoué le sommeil du formalisme ; ils aspirent aux saintes joies et à la sainte activité des fidèles ; mais ils sont faibles encore et sans expérience. Ce sont, pour les dépeindre en un seul mot, *les enfans de Dieu nouvellement nés.*

Le monde peut dédaigner ou méconnaître ces disciples timides et chancelans ; mais, pour nous, il nous semble que l'état où ils se trouvent est trop intéressant, il est semé de trop de périls, il demande trop de ménagemens, pour que nous ne leur donnions pas une grande part de notre intérêt. C'est avec un profond sentiment d'affection pour eux, que nous entreprenons, dans cet ouvrage, de leur donner quelques encouragemens.

Céleste Berger ! ô Jésus ! enseigne-nous à conduire tes agneaux faibles et chancelans ! Mais nous, faible et chancelant comme eux, comment accomplirions-nous cette grande tâche sans ton secours? C'est pourquoi, guide notre plume, et donne-nous ton Esprit de sagesse, de douceur et de fidélité, pour travailler avec efficacité au rassemblement de tes enfans et à l'édification de ton église !

LES ENFANS NOUVEAUX-NÉS.

Voyez quelle charité le Père a eue pour nous, que nous soyons appelés enfans de Dieu !

1, Jean, iii, 1.

Ce qui est né de la chair, est chair, disait le Sauveur du monde, et ce qui est né de l'Esprit, est esprit. Ces paroles mémorables établissent une grande doctrine ; elles enseignent que l'homme apporte dans le monde, par sa naissance naturelle, des instincts charnels, un cœur terrestre, des affections impures, le péché, le désordre et le malheur ; mais que, pour avoir part au royaume des cieux, il faut qu'il naisse de nouveau, qu'il naisse de l'Esprit, qu'il soit en-

gendré de Dieu, c'est-à-dire, revêtu d'*un nouveau cœur
et d'un esprit nouveau*, et qu'en lui le *vieil homme*,
l'homme de péché, l'homme souillé, meure et dis-
paraisse pour laisser paraître *l'homme nouveau, créé
à la ressemblance de Christ.*

Cette nouvelle naissance a pour seul auteur l'Esprit
Saint : ce qui est né de l'homme charnel, est charnel
comme lui ; mais ce qui est né du Saint Esprit, est
esprit.

L'Esprit emploie des moyens divers pour accomplir
cette grande œuvre ; et il serait plus facile de compter
les feuilles de la forêt ou les grains de sable de la
mer, que de dire toutes les circonstances que l'Esprit
fait tourner à la conversion et à la régénération des
âmes humaines. Il n'est pas besoin de supposer pour cela
un miracle ostensible; la lecture d'un bon livre, l'ouïe
d'une prédication fidèle, l'exemple d'un chrétien dévoué;
que dis-je ! il n'est pas même jusqu'à l'exemple d'un
pécheur, l'excès de ses désordres et de son malheur,
qui ne deviennent entre les mains puissantes de Dieu
un grand enseignement pour réveiller, instruire, dé-
cider et convertir une âme d'homme.

C'est aussi à des époques diverses de la vie, que
s'opère cette naissance, et l'enfant de Dieu nouveau-
né, dont nous voulons parler, peut être un homme
fort, une mère de famille, que dis-je ! un vieillard
tout blanchi par les années, déjà tout courbé vers
la tombe, aussi bien qu'un jeune homme et un ado-
lescent.

Les premiers effets de la nouvelle naissance se manifestent aussi par des signes très-divers ; ici, c'est un
Saul de Tarse, appelé subitement, terrassé subitement; persécuteur hier, aujourd'hui persécuté; hier

blasphémant avec la synagogue, aujourd'hui apôtre des Gentils. Ailleurs, c'est un Timothée instruit par une mère et une aïeule pieuses dans la connaissance des saintes lettres, et attiré, petit à petit et par une pente douce, dans les sentiers du Seigneur. Mais, dans un grand nombre de cas, l'âme a conscience de ce changement au moment même où il s'opère. C'est une heure bénie dans la vie par l'époque de délivrance, de résolution et de joie, qui la distingue pour toujours dans les souvenirs de l'âme appelée de Dieu.

La régénération n'admet aucun degré. En effet, on est né ou on n'est pas né, on est vivant ou on est mort, régénéré ou irrégénéré; et comme on ne peut dire d'un homme, dans aucun langage, qu'il est *peu* né, *peu* en vie, on ne peut dire qu'il est *peu* régénéré, *peu* converti. Ainsi, point de milieu possible dans cette grande œuvre.

Mais, s'il n'y a point de degré dans la régénération, il y en a dans les conséquences, dans la manifestation, dans les progrès de la nouvelle vie. Ces conséquences, cette manifestation, ces progrès, prennent le nom de *sanctification* dans l'évangile. De même qu'une fois entré dans la vie, l'homme n'arrive pas tout d'un coup à la maturité; de même qu'il passe de la première enfance à l'adolescence, de l'adolescence à la jeunesse, de la jeunesse à l'état d'homme fait; de même, dans la vie chrétienne, l'enfant de Dieu passe par divers degrés de connaissance, de force, de progrès, de sainteté, d'espérance et de joie.

Tous les hommes irrégénérés sont semblables par le fait même de leur irrégénération; toutefois il y a une grande différence entre l'honnête homme selon le monde, dont la vie extérieure est irréprochable et bonne; et le vil malfaiteur que la justice sépare de la société dont il est devenu le fléau. La différence qui les distingue, c'est que ce dernier a suivi toutes les conséquences de sa mauvaise voie, tandis que le premier n'en est encore qu'aux commencemens de cette voie d'erreur et de péché. Celui-là est un pécheur conséquent, celui-ci est un pécheur inconséquent.

De même tous les hommes nés de Dieu sont aussi semblables par le principe de leur nouvelle naissance; mais tous ne sont pas semblables par les progrès qu'ils ont fait dans la nouvelle vie, et il n'est pas permis de confondre, dans notre admiration et dans notre imitation, le chrétien éprouvé par une longue expérience, et celui qui ne fait qu'entrer dans cette voie de vérité, de paix, de sainteté et d'amour.

Celui-ci n'est qu'un enfant faible, timide, chancelant, le moindre souffle le glace, le moindre pas le fait trébucher, le moindre bruit l'effraie; il ne parle pas encore, il ne fait que bégayer; il ne marche pas encore, il ne fait que se traîner, il étend partout ses mains pour saisir un appui. Il y a sans doute beaucoup d'espoir pour ce chrétien, puisqu'en lui est la vie; mais, avant qu'il en connaisse toutes les gloires et toutes les joies, que de faiblesses, que d'indécisions, que de perplexités, que d'épreuves, que de chutes!....

LECTEUR, ÊTES-VOUS UN DE CES ENFANS?

> Quiconque croit que Jésus est le Christ,
> est né de Dieu...., et il a au-dedans de
> lui le témoignage de Dieu.
> 1. JEAN, V, 1, 10.

Vous l'êtes, sans doute, en ce qui regarde la faiblesse; mais l'êtes-vous quant à la naissance nouvelle, quant à la conversion véritable? Question grave qu'il faut bien se faire un jour, au risque de laisser dépérir en soi le don de Dieu, et de perdre sa vie dans l'incertitude, dans l'indifférence, dans une folle présomption ou dans un sombre désespoir.

La conversion d'une âme est une nouvelle création opérée par la puissance du Saint Esprit. Les signes de la conversion doivent donc correspondre à chacune des œuvres caractéristiques de ce même Esprit; savoir: la connaissance de la vérité, l'amour de la sainteté, l'affection fraternelle et l'espérance chrétienne.

Je dis d'abord, la *connaissance de la vérité*. Non pas dans le sens de la science théologique, qui est le fruit de l'étude, mais la connaissance dans le sens de cette parole de David : « Je surpasse en science tous ceux qui m'ont enseigné, parce que tes témoignages sont mon entretien; » dans le sens de cette déclaration de Jésus-Christ : « La vie éternelle est de te connaître, toi, le seul vrai Dieu, et Celui que tu as en-

voyé ; » dans le sens de cette exclamation émanée de
la même bouche divine : « Je te loue , ô mon Père !
Seigneur du ciel et de la terre, de ce que tu as caché
ces choses aux sages et aux intelligens, et de ce que
tu les as révélées aux petits enfans ; enfin , c'est la
connaissance dans le sens de la foi. » A cet effet, le
Saint Esprit inspire à son enfant nouveau-né un
vif intérêt pour toutes les recherches religieuses et un
saint respect pour la parole de Dieu contenue dans
la Bible. — Dans les jours de ténèbres , il lisait peut-
être cette parole de vie ; mais elle n'avait pas de vie
pour lui. A la fin de sa journée , il pouvait se rendre
le témoignage d'avoir *lu son chapitre* ; mais ce qui
fait la force et la puissance de cette révélation lui
demeurait inconnue. Aujourd'hui tout est changé ;
même avant d'ouvrir le livre , il est déjà édifié , et,
le tenant entre les mains , le chrétien converti se dit :
ce que je tiens-là c'est la Parole de mon Dieu, et ces
saints oracles ont été écrits pour le bien de mon âme.
Il ouvre le livre ; il ne comprend pas tout encore :
mais il sait , plus que jamais, tout ce qui lui manque de science ; il possède la clef de l'Ecriture , et,
chose étonnante , il saisit par le cœur les doctrines
qui lui paraissent les plus incompréhensibles par l'intelligence ; il commence par où il croyait devoir finir ;
il peut dire comme Jean et André : « Nous avons
trouvé le Christ ! » Il peut dire comme St. Pierre :
« Je sais qui tu es, tu es le Christ , le Fils du Dieu
vivant ! » Et comme Thomas : « Mon Seigneur et mon
Dieu ! » *Christ ! mon Seigneur et mon Dieu !* voilà
la clef de l'Ecriture ; avec cette connaissance , on
connait tous les mystères de sa vie et de sa nature,
son incarnation , ses douleurs et sa mort ; toutes les

doctrines de l'évangile , la misère de l'homme , le salut par grâce ; la sanctification par le Saint Esprit ; toutes ces vérités se réunissent aux yeux du nouveau chrétien ; pour former un tout simple , clair , majestueux , saisissant ; plein de vie. Sous l'influence de cette connaissance , la bouche de l'homme se délie ; de l'abondance de ce cœur , la bouche parle ; cet homme, d'ailleurs , simple et illettré peut-être , saura bientôt prier , discourir , raconter les merveilles de la grâce de Dieu , et devenir ainsi un sujet et un instrument d'édification pour l'église et d'étonnement pour le monde.

Voilà pour la connaissance ; mais le Saint Esprit produit de plus dans l'âme qu'il vient de régénérer *l'amour de la sainteté.*

A cet effet , il lui inspire d'abord une vraie horreur pour tout ce qui est mal. C'est ce que nous annonce l'Ecriture , quand elle dit , par l'organe de St. Jean : « Quiconque est né de Dieu , ne commet point le péché. » C'est aussi ce que nous annonce l'observation de ce qui se passe dans le monde moral , où l'on voit les hommes convertis acquérir tout d'un coup une conscience plus délicate pour reconnaître la culpabilité de tout ce qui est contraire à la volonté de Dieu. Le monde tend , par ses maximes et par la puissance de l'entraînement , à nous persuader qu'une foule de nos actions sont tout au plus indifférentes , tandis qu'elles sont profondément coupables. Certaines fraudes dans le commerce , la violation habituelle du repos et de la sanctification du dimanche, l'abus, pour ne pas dire la profanation du nom de Dieu , des procès interminables , des haines invétérées , des habitudes de frivolité , des mensonges de complaisance , passent

dans le monde pour choses toutes naturelles, excu-
·sables du moins, personne ne s'en alarme. On peut,
avec ces désordres, se dire honnête homme, chrétien
même, et le cœur complaisant écoute facilement ce
langage et s'efforce d'en être satisfait...... Mais, au
jour où l'Esprit de Dieu a jeté ses clartés dans le fond
de la conscience, elle se réveille, elle s'alarme, elle
s'épouvante ; sa paix est troublée, des craintes jus-
que-là inconnues viennent l'assiéger, elle se fait des
scrupules minutieux, ridicules, ridicules pour la gé-
nération pécheresse et adultère, mais saints et véné-
rables aux yeux de la morale éternelle de l'évangile.
Alors vous verrez cette âme inquiète se tenir à l'écart,
triste, honteuse, humiliée, pour le moment profondément malheureuse ; mais seulement pour le moment,
car cette tristesse précède la joie, et cette humiliation
précède la gloire.

. En attendant, le chrétien nouvellement né ne s'en
tient pas à de stériles aveux, mais il se sent disposé
à se séparer des folies du monde. Ici on voit se produire
un phénomène moral, digne de toute notre admiration
à la gloire de Dieu. Lorsqu'une âme inconvertie contemple de loin la vie chrétienne, elle la voit hérissée
de douleurs et de privations, auxquelles il lui semble
qu'il est impossible de se soumettre ; elle a souvent
assez de pénétration pour comprendre que la vie chrétienne est incompatible avec une vie mondaine ; mais
elle ne se sent pas assez de force ni de courage pour
accomplir ce douloureux sacrifice ; elle va même jusqu'à plaindre les âmes qui s'y sont décidées.... Eh !
bien, sachez-le : au jour où cette âme se convertit à Dieu, l'abandon du monde n'est plus un sacrifice ; elle quitte les folies de ce monde, non parce

qu'une loi inflexible lui en impose la nécessité, non parce qu'un Scribe sévère lui a dit : *ne goûte point*, *ne touche point*, *ne mange point* ; mais parce que cette âme n'est plus du monde , elle appartient à un autre royaume , elle a d'autres joies , auprès desquelles celles du monde moral font pitié....

Toutefois cette âme ne s'en tiendra pas à une sainteté qu'on pourrait appeler *négative* , puisqu'elle ne consisterait qu'à s'abstenir de ce qui est mal ; un nouvel élément de vie se manifeste en elle, et désormais elle désire se dépenser au service de son nouveau Maître. Ce nouveau Maître est un bienfaiteur , un Sauveur , *un ami* ; les liens qui l'unissent à lui sont *des liens d'amour* ; *son joug est aisé* , *son fardeau est léger* ; le désir de plaire à un Maître si aimable agite cette âme , elle se travaille , elle se tourmente , *le zèle de la maison de Dieu la dévore......* Souvent elle s'égare, sans doute , dans cette route si nouvelle ; ses premiers pas y sont incertains et sa marche désordonnée ; de là ces défauts et ces chutes , dont les nouveaux convertis ne sont , hélas ! jamais complètement exempts ; scandales pour les faibles ; sujet d'affliction pour l'église , pâture dont la méchanceté du monde se repaît avec complaisance , argument que les adversaires de l'évangile ne manquent pas de jeter à la face des croyans, et qui ne prouvent , après tout, que la profonde misère et la faiblesse innée du cœur humain..... Mais , à travers ces défectuosités , on voit percer une inclination , une affection décidée pour les choses de Dieu , qui, chaque jour , grandit, et qui, plus tard , bénie d'En-Haut, finira par prendre définitivement le dessus. Oui , cette âme aime le Seigneur , faiblement encore , mais , enfin , elle l'aime ;

cette âme croit, faiblement encore, mais, enfin, elle croit ; cette âme obéit, imparfaitement encore, mais, enfin, elle désire obéir ; et tout prouve qu'en elle la nouvelle vie est réellement commencée.

Mais, bien que de nouveaux liens attachent cette âme à Dieu, et qu'un nouvel élément de vie spirituelle lui ait été dispensée, la vie actuelle, la vie terrestre, demeure toujours ce qu'elle est avec ses exigeances, ses tentations, ses épreuves et ses devoirs ; le nouveau converti, pour être converti, ne sort pas pour cela de l'humanité ; il ne cesse pas d'être homme et de se trouver chaque jour avec l'homme son semblable. Dans ces relations sociales, tantôt si douces, tantôt si difficiles, son guide céleste ne l'abandonnera pas, et, pour mettre ces relations en harmonie avec le caractère de la *nouvelle vie*, il inspire à son enfant nouveau-né *l'affection fraternelle*.

Le chrétien converti se trouve, en effet, entouré de frères ; les uns sont ses frères en Adam, les autres ses frères en Jésus-Christ.

Aux premiers, il accordera un tendre intérêt, une profonde compassion ; enfant d'Adam comme eux, fait de la même chair et du même sang, il saura soulager leurs misères physiques, nourrir le pauvre, visiter les malades, protéger l'opprimé, et, selon les paroles du prophète, « il ne haïra pas sa propre chair ; » mais il n'oublie pas que ce frère a une âme, une âme dans un état semblable à celui où il se trouvait naguère lui-même, une âme retenue dans les liens des préjugés, de l'ignorance, des doutes, de la mondanité et du péché ; l'âme nouvellement convertie plaint profondément celle qui ne l'est pas encore ; oh ! comme elle voudrait lui faire part des trésors

spirituels dont elle-même vient d'être enrichie ! elle
l'appelle, elle la sollicite, elle l'importune, elle la
poursuit ; œuvre de saint et fraternel prosélytisme,
dont le monde s'irrite, mais dont le ciel se réjouit,
lorsque, vivifié par l'amour seul, il a été purifié par
le Saint Esprit de tout levain d'orgueil et d'ostentation.

Mais le chrétien nouvellement converti a des frères
selon l'Esprit. Ils composent sur la terre ce que l'Ecriture appelle *le peuple de Dieu*, ce que nous avons
appris à appeler, dans le symbole de notre foi, la
Communion des Saints, famille de frères qui peuvent
différer par des positions sociales diverses, par quelques points secondaires de croyance et de discipline ;
mais qui ont un même baptême, une même foi, un
même Sauveur, une même espérance, un même Esprit. Avant sa conversion, le chrétien fuyait la société
de ceux qui composent ce peuple, peut-être même
se joignait-il au monde pour le mépriser et le décrier,
mais aujourd'hui tout est changé ; il aime tous ceux
qui aiment le Seigneur Jésus-Christ, il recherche
leur commerce, il écoute leurs avis, il profite de leur
expérience ; il marche avec eux dans la vie, sans
craindre de partager leur opprobre et de porter avec
eux la croix de l'homme des douleurs. Lorsqu'un
membre du peuple de Dieu souffre, il en souffre ;
lorsqu'un frère s'égare, il en gémit ; lorsqu'un frère
triomphe, il en est réjoui ; membre du corps mys-
tique de l'église de Christ, il partage ses épreuves,
ses douleurs ; mais aussi il partage ses gloires et ses
espérances.

L'objet de ces espérances est la protection immédiate et constante de Dieu, le salut éternel de
l'âme, et le secours efficace du Saint Esprit ; le fon-

dement de ces espérances se trouve dans le témoignage
même de Dieu. Ce témoignage se révèle , soit par
l'Ecriture , soit par la voix intérieure du Saint Esprit.
Or , voici ce que l'Ecriture dit : *Jésus-Christ a donné
le droit d'être faits enfans de Dieu à tous ceux qui croient
à son nom* (1). *Quiconque croit que Jésus est le Christ ,
est né de Dieu* (2). *Celui qui croit au Fils de Dieu, a au-
dedans de lui-même le témoignage de Dieu, et c'est ici
le témoignage ; savoir , que Dieu nous a donné la vie
éternelle ; celui qui a le Fils , a la vie* (3). Quant à la
voix intérieure du St-Esprit , elle est dans l'âme de
l'enfant de Dieu comme l'écho vivant du témoignage
de l'Ecriture. C'est une douce impulsion , sous l'influence de laquelle les fidèles peuvent dire : *Nous
savons que nous sommes nés de Dieu* (4). Et c'est parce
qu'il s'appuie sur les promesses de Dieu , c'est-à-dire ,
sur l'expression de sa miséricorde infinie et de sa
libre grâce , et non sur ses propres mérites , que le
chrétien peut croire aux promesses , les appliquer à
sa propre âme. Oui , il peut se dire , mais il doit se
le dire , sans orgueil et sans présomption , parce
que toute grâce excellente vient de Dieu seul : je
suis enfant de Dieu , racheté de Christ , appelé à la
vie éternelle.....

(1) Jean , I , 11.
(2) 1. Jean , v , 1.
(3) 1. Jean , v , 10 , 11 , 12.
(4) 1. Jean , v , 19.

L'OEUVRE DE DIEU.

Eprouvez tous les esprits, pour savoir s'ils sont de Dieu. 1. JEAN, IV.

APRÈS avoir indiqué sommairement, mais avec clarté, les signes caractéristiques de la conversion, je dois vous inviter, lecteurs, à faire un examen attentif de ce qui se passe en vous, et à vous appliquer à vous-mêmes, d'une manière sérieuse, la question placée en tête du chapitre précédent : *Etes-vous un de ces enfans ?...* Avez-vous appris à connaître votre état de péché et à en gémir ? Commencez-vous à haïr l'iniquité, et désirez-vous servir le Seigneur ? Aimez-vous les choses saintes qu'autrefois vous considériez avec indifférence ? Avez-vous trouvé dans la lecture de la Bible, et par la prière, votre Seigneur et votre Dieu ? Aimez-vous les hommes, et désirez-vous leur être vraiment utiles ? Aimez-vous les chrétiens, et ne craignez-vous plus leur opprobre ? Acceptez-vous pour vous-mêmes les glorieuses promesses de Dieu ? Avez-vous reçu le témoignage de Dieu dans votre cœur ?... Lorsque, vous repliant sur vous-mêmes, vous assistez au spectacle à la fois si magnifique et si déplorable de ce qui se passe dans votre cœur, vous observez des mouvemens, des impulsions qui, comme malgré vous, vous agitent, vous attirent, vous instruisent, vous poussent dans une voie que vous-mêmes n'auriez sûrement pas choisie.... cette œuvre, de qui est-elle ? Est-elle l'œuvre de la chair et du sang ; est-ce l'œuvre de l'ennemi, ou bien est-ce l'œuvre de Dieu ? Ici un premier doute vient assiéger l'enfant de Dieu nouvellement né. Ici

2

surtout il doit mettre en pratique le précepte de St.
Jean, *Eprouvez tous les esprits, pour savoir s'ils sont
de Dieu.*

Voici quelques règles de pratique qu'il nous paraît
utile de poser.

S'agit-il d'une impression religieuse qui vous affecte
et qui vous attire dans une nouvelle voie?..... Il nous
sera aisé d'en juger par l'analogie de la foi évangélique. Ainsi, un jour nouveau est venu briller sur
votre pauvre mauvais cœur, pour vous en découvrir
à nu les faiblesses et les souillures, vous gémissez
sur vos péchés, vous frémissez à l'aspect de l'avenir
que Dieu réserve aux trangresseurs de sa loi ; vous
déplorez votre indifférence, votre incrédulité, le
peu de progrès que vous faites dans la vie chrétienne,
vous êtes malheureux de ne pas être ce que vous de-
vriez être.... OEuvre de Dieu et non des hommes. Ce
n'est pas la chair ni le sang qui vous ont fait connaître votre état spirituel et qui vous ont enseigné à
en gémir ; la chair et le sang nous abusent, nous
étourdissent, nous perdent ; mais jamais ils ne mettent
l'âme du pécheur sur la voie de la repentance. Ce n'est
point l'ennemi qui a fait cela non plus, car alors son
royaume serait divisé contre lui-même, et Satan sait
trop bien enlacer les pauvres âmes dans le sentiment
de leur propre justice ; ce ne peut être que l'œuvre
de Dieu, car nous savons que Dieu ne veut pas la
mort du pécheur, mais qu'il se convertisse et qu'il
vive, et que, dans l'ordre de sa grâce, il faut que
nous passions par les angoisses du repentir, avant
d'entrer dans les sentiers de la miséricorde et de la joie.

S'agit-il de la connaissance de la vérité ?.... Examinez les mouvemens de vos âmes par la parole de

Dieu. Ainsi, vous en êtes venus à voir dans le Sauveur, non plus seulement un docteur puissant en œuvres et en paroles, non plus seulement la première, la plus illustre des créatures, mais votre *Seigneur et votre Dieu*.... OEuvre de Dieu et non des hommes.... Ouvrez la Bible, et vous verrez comment les noms, les perfections, les œuvres de Jéhova sont attribuées à Christ, comment les honneurs divins sont réclamés en faveur du Fils comme en faveur du Père. Ce n'est point la chair et le sang qui vous ont fait connaître ces choses, car ils tendent à atténuer la gloire de Christ, pour atténuer la nécessité d'aller à lui et seulement à lui. *C'est par le Saint Esprit seul que l'on peut dire que Jésus est le Christ.*

S'agit-il de quelque œuvre de pratique, négligée jusqu'ici, mais aujourd'hui se présentant comme indispensable dans la vie chrétienne ?.... Examinez-la par la loi de Dieu. Ainsi, vous éprouvez le désir d'employer plus saintement le jour du Seigneur, si long-temps profané par les œuvres serviles ou les distractions mondaines.... OEuvres de Dieu et non des hommes.... La chair et le sang font, à regret, le sacrifice du travail qui donne de l'argent, et des distractions qui donnent du plaisir. L'ennemi se plaît à dénaturer les saintes institutions du Seigneur. Ecoutez, au contraire, la voix du Seigneur, il vous répond par sa loi : *Tu te reposeras le septième jour, et le le sanctifieras* ; et ailleurs : « Bienheureux sont ceux qui font du sabbat leurs délices. »

S'agit-il de quelque désir qui agite vos âmes ?...... Examinez-les par la prière ; voyez si vous pouvez prier pour l'accomplissement de ces vœux. Ainsi, vous, mère chrétienne, vous avez été jusqu'ici indifférente

au salut de vos chers enfans ; vous les aimiez pour
la vie présente, et vous ne songiez pas à les aimer
pour la vie à venir. Mais voici qu'aujourd'hui vous
commencez à vous douter que vos enfans ont une
âme, une âme immortelle, une âme précieuse, mais
une âme pécheresse, une âme menacée d'un jugement
éternellement basé sur la justice ; et vous tremblez
pour le sort de cette âme, vous soupirez après sa
conversion et son salut...... OEuvre de Dieu et non
des hommes.... La chair et le sang vous portaient à
assurer à votre enfant une place honorable et lucra-
tive dans le monde ; mais Dieu seul vous a mis au
cœur de tels désirs, car vous pouvez prier avec assurance pour le salut de cet être chéri, et vous pouvez
dire : O Eternel ! sois entre lui et moi !

S'agit-il de quelque glorieuse espérance ?.... Examinez vos prétentions par les promesses du Seigneur.
Ainsi, après de longues années de perplexités et de
doutes, vous en êtes venus, enfin, à croire que Dieu
accorde tout à la prière qui lui est adressée avec foi....
OEuvre de Dieu et non des hommes.... La chair et
le sang n'acceptent pour fondement de leurs espérances
que des signes charnels ; l'ennemi nous inspire de la
méfiance sur l'amour du Père ; mais Dieu seul nous
rassure, Dieu seul nous enseigne à prier, Dieu seul
proclame cette promesse : « Tout ce que vous demanderez en croyant, vous l'obtiendrez. »

Il est inutile, je pense, de multiplier ces exemples,
ceux que je viens de citer suffiront pour vous mettre
sur la voie de reconnaître si l'œuvre qui se fait en
vous est vraiment une œuvre de Dieu. Et, s'il en
est ainsi, alors vous êtes un de ces enfans timides et
faibles auxquels nous désirons adresser dans cet ou-

vrage ; vous l'êtes par la naissance spirituelle , par
l'adoption céleste , par la conversion........ N'oubliez
pas que vous l'êtes aussi par la faiblesse.....

FAIBLESSES.

Soyez revêtus de toutes les armes de Dieu.
Eph., vi, 11.

L'ŒUVRE de Dieu dans l'âme nouvellement convertie,
divine dans son Auteur, excellente en elle - même ,
éternellement bénie dans ses résultats définitifs , est
d'abord une œuvre imparfaite , non qu'il y ait dans
Celui qui la produit et dans le but qu'il se propose ,
rien d'incomplet ou de souillé , mais parce qu'elle
s'opère dans des êtres incomplets et souillés , qui , loin
de faciliter cette œuvre , semblent s'étudier à la con-
trarier, et, s'il était possible , à l'anéantir entièrement.
Ce sont les restes du vieil homme que l'homme nouveau traine encore après lui , et qui entravent sa
marche et retardent l'époque glorieuse où l'enfant de
Dieu doit être complètement manifesté, ou , pour tout
dire en un mot, c'est la faiblesse de l'enfant nouveau-
né , par laquelle il faut bien passer avant de revêtir
la force et l'énergie de l'homme fait.

Le Sauveur du monde exerça son premier ministère auprès de tels hommes. Ses apôtres , avant de
devenir la lumière du monde , furent des enfans ca-
pricieux , ignorans et indécis. Jésus , redoutant à la
fois pour eux et les dangers de la présomption et ceux
du découragement, s'applique tantôt à les prévenir des
épreuves qui les attendaient, tantôt à les encourager
par l'assurance des secours qui leur seraient accordés.

En suivant un tel exemple , pourrions-nous nous égarer ? C'est pourquoi nous vous dirons , à vous , qui commencez à connaître combien le Seigneur est doux, vous, qui , par sa grâce, avez appris à vous lamenter à cause de vos péchés, vous, qui avez reconnu qu'il y a pour vous un Sauveur en Jésus-Christ, vous qui , enfin , après tant d'années , perdues dans l'incrédulité et dans le péché , désirez maintenant vivre selon la volonté de Dieu....

Je vous le dis d'abord , vous êtes environnés de périls.

Périls de la part de votre propre cœur, car les premiers jours de la conversion sont si nouveaux , si extraordinaires , et quelquefois si doux , que l'âme imprudente risque de les prendre pour un état définitif , et de s'endormir dans une dangereuse sécurité, oubliant que le Seigneur n'est pas venu apporter tout d'un coup la paix dans notre âme , mais une lutte acharnée contre le péché et l'erreur , et que la vie chrétienne est un *train de guerre*. Ces premiers momens passés , votre âme inhabile peut retomber dans une langueur inattendue, car elle ne peut vivre d'impressions turbulentes, et ce second état peut vous jeter dans la tristesse , au point de vous faire perdre courage et de vous faire écrier , avec un dépit mêlé de méfiance, si ce n'est de murmure : *Seigneur, jusques à quand !* Peut-être aussi , après les premiers sacrifices offerts à Dieu, de bon cœur, je le crois, vous serez tentés de regreter vos jours de péchés ,fqui , par la privation et l'éloignement, auront acquis un charme nouveau pour l'âme charnelle ; alors vous serez tenté de faire comme le disciple indécis , que, tout en mettant la main à la charrue, jetait encore ses regards en arrière , ou comme cet homme imprudent, qui , après avoir chassé du temple de son cœur un esprit immonde , y en laisse entrer ensuite sept autres infiniment plus méchans que le premier. Peut-être aussi , après avoir accepté par la foi les premiers élémens de la foi évangélique , serez-vous détournés par des doutes ou préoccupés par des questions curieuses et secondaires de la théologie chrétienne , dans la discussion desquelles votre âme ira prendre son énergie et sa chaleur........

Périls de la part du monde. — Dans le monde extérieur , vous rencontrerez des ennemis et des amis de l'évangile. Les premiers s'efforceront de vous rappeler à votre premier état , par leurs sophismes , par leurs séductions , par leurs sarcasmes , quelquefois même par leurs persécutions ouvertes , et , ce qui est infiniment plus dangereux et plus déplorable , par leur tendresse et leur affection. Vous les trouverez , ces dangereux conseillers , tout auprès de vous , dans votre ville , au milieu de vos anciens amis, que dis-je , peut-être dans le sanctuaire de votre famille......

La communion de vos nouveaux amis , des amis sincères de l'évangile , cette communion si douce et souvent si bénie , ne sera pas sans péril pour vos âmes. La joie qu'ils manifestent à votre entrée dans leurs rangs , l'éclat imprudent qu'ils jetteront peut-être sur votre conversion , risquera ou de vous scandaliser ou de vous enfler d'orgueil et de présomption ; et puis , ces chrétiens , vous ne les trouverez pas si bons, ni si actifs, ni si pieux que vous vous l'imaginez ; car votre cœur exagère tout , le bien comme le mal , et , pour être convertis , les fidèles ne sont pas pour cela parfaits ; et puis , car il faut tout dire , le tendre intérêt que vous porterez à ceux des chrétiens qui auront été des instrumens bénis de Dieu pour votre conversion, cet intérêt (qui ne sera d'abord que de la reconnaissance), risque encore de dégénérer en une préférence exclusive qui excite la jalousie de Dieu et de son peuple, et vous expose à vous charger d'un joug humain qui ne sied point à un affranchi de Jésus-Christ.

Voilà des faiblesses, voilà des dangers, et ce sont des dangers réels pour ceux qui ne sont encore que des enfans nouvellement nés, faibles encore, faibles dans la connaissance, faibles dans la foi, faibles dans la prière, faibles dans la sainte lutte contre le péché, faibles dans la charité fraternelle, faibles dans l'amour divin.

C'est pourquoi, enfans de Dieu, ne présumez pas de vous-mêmes ; toutefois, ne vous découragez pas ; car, si vous persévérez dans la foi, dans la vigilance et dans l'humilité, Dieu, qui a commencé en vous sa bonne œuvre, la perfectionnera jusqu'au jour de Jésus-Christ.

Pourriez-vous en douter, quand vous savez bien que Dieu n'est sujet à aucun caprice ni à aucune ombre de changement. Qu'un homme interrompe une œuvre commencée, qui s'en étonne ? Cette œuvre n'était peut-être qu'une folle prétention, qu'un projet insensé. Puis, l'homme rencontre sur ses pas une foule d'obstacles inattendus, qu'il n'a ni la sagesse de prévenir ni la puissance de détruire, et, fût-il le plus sage, le plus constant, le plus puissant des hommes, ne marche-t-il pas à la rencontre de son Dieu, auquel il suffit de dire : fils de l'homme, rentre dans la poussière, pour que soudain il ne soit plus. Mais Dieu......., Dieu est le rocher des siècles, le même aujourd'hui, hier, et éternellement. Douter de sa constance, serait douter de sa puissance, de sa sagesse, de son amour, ce serait douter de son existence même.

Oui ! Dieu perfectionnera cette œuvre, après avoir jeté sur cette âme un regard d'amour et de compassion, il parlera à cette âme, il agira sur elle pour qu'elle comprenne son regard d'amour et sa parole de tendresse, il lui parlera encore, il agira de nouveau sur elle, il emploiera, pour la vaincre et pour la gagner, les enseignemens de sa parole, les appels de sa grâce, les événemens de la vie, les bénédictions et les épreuves. Le Seigneur avait donné à son enfant nouveau-né la connaissance de son péché, il lui donnera, plus tard, la connaissance de son Sauveur, puis l'assurance de son salut, puis la délivrance du péché, puis la sanctification, puis la joie, puis la gloire. C'est une œuvre progressive, elle a ses premiers commencemens, elle a ses vicissitudes, ses momens d'arrêt, ses progrès, son triomphe, son achèvement glorieux.

Ne désesperez donc point parce que vous vous sentez faibles. Quand donc avez-vous vu le Seigneur mépriser les enfans, repousser les faibles, éteindre le lumignon qui fume encore, et briser le roseau froissé ? Ouvrez sa parole, voyez le soin qu'il prend d'y consigner l'histoire de ceux qui n'étaient encore que des enfans dans la foi, et que le monde eût pour toujours ignoré sans elle. Voyez comme cette parole rappelle leurs premiers mouvemens, leurs tâtonnemens, leur indécision, leur timidité, leurs prières...... Ici c'est un Nathanaël, attiré, presque gagné, mais qui s'arrête encore et se dit : peut-il sortir quelque chose de bon de Nazareth ? Là, un Nicodème qui vient de nuit, timidement, consulter Jésus sur les *choses du ciel*, lui qui, cependant, ne pouvait encore comprendre *celles de la terre*; ailleurs, une pauvre femme qui, tremblante, vient toucher le bord du manteau de Jésus; Simon-Pierre, qui demande à marcher sur la mer, et qui chancelle; un père qui, plein d'allarmes, s'écrie, Seigneur, je crois, aide-moi dans mon incrédulité! un Thomas qui, plein de doutes, veut voir pour croire....... Et Jésus, loin de les dédaigner, loin de les repousser, Jésus les appelle, il les attire, il les exauce, il les fortifie, il les bénit; céleste Berger, il cherche sa brebis égarée, il n'a de repos que lorsqu'il l'a trouvée, et, alors, il la mène dans des parcs herbeux et le long des eaux courantes, jusqu'à ce qu'elle se dise, comme le psalmiste : *quoi qu'il en soit, les biens et les gratuités m'accompagneront tous les jours de ma vie, mon habitation sera dans la maison de l'Eternel pour toujours.*

La vie du chrétien nous offre donc le spectacle d'un antagonisme acharné dans lequel les instincts de la vieille nature et les sollicitations de la grâce sont aux prises, jusqu'à ce que Dieu se montre le plus fort et obtienne une victoire définitive. Il faut que les chrétiens nouvellement convertis se pénètrent bien de ce fait. Mais nous sentons que, pour leur être vraiment utiles, il faut que nous sortions des généralités, c'est pourquoi nous allons désormais entrer dans l'examen détaillé de leurs faiblesses, de leurs erreurs, de leurs doutes, de leurs péchés, et rappeler en même temps leurs devoirs, la prudence dont ils doivent s'armer, les efforts qu'ils doivent faire, les secours, les lumières, les encouragemens, les délivrances qu'ils peuvent attendre de leur Père cé-

leste. Nous puisons ces considérations, moins dans
de vagues raisonnemens que dans des faits réels qui
appartiennent, lecteur chrétien, à l'histoire de l'humanité, à l'histoire de ton propre cœur.

LES PRÉJUGÉS.

—

> Peut-il sortir quelque chose de bon
> de Nazareth ?
>
> JEAN, 1, 46.

L'HISTOIRE évangélique parle d'un israélite nommé
Nathanaël, à la sincérité duquel elle rend, par la
bouche même de Jésus, un témoignage honorable,
quand elle dit : *qu'en lui il n'y avait point de fraude,*
et qui, pourtant, conduit vers le Sauveur, après avoir
entendu raconter les merveilles de sa grâce, hésite
encore, et s'écrie : *peut-il sortir quelque chose de bon
de Nazareth ? — Viens et vois,* répondit une voix amie.
Il vint et il vit ; il entendit la douce voix de Jésus,
il crut en lui, il l'aima, il le suivit.....

De cette simple et courte histoire, nous concluons :

Que les cœurs simples et sincères ne sont pas exempts
de préjugés.

Que les préjugés entravent la vie spirituelle et s'é-
lèvent entre l'âme et le Sauveur comme un mur de
séparation.

Toutefois, ils ne sont pas invincibles, une communion plus intime avec le Sauveur, qui est la lumière
même, est toute puissante pour les dissiper.

Les préjugés consistent à juger avant de connaître.

Ils sont donc un acte d'injustice à l'égard de ceux qui les subissent, une source d'erreur pour ceux qui les prononcent, une cause de désunion, de désordre et de malheur pour la société tout entière.

Oh! qui dira leurs funestes effets? Qui est-ce qui divisait les apôtres entre eux avant leur entière conversion? — Les préjugés! Qui est-ce qui arma les habitans de Nazareth contre leur divin compatriote, lorsqu'il leur adressa sa première prédication? — Les préjugés! Qui est-ce qui portait les Pharisiens à attribuer les miracles de Jésus à Béelzébuth? — Les préjugés! Ce sont les préjugés des Juifs, contre la doctrine et la personne de Jésus, qui les portèrent à crucifier le Saint et le Juste. C'est par préjugé que Saul, de Tarse, persécutait les chrétiens; c'est par préjugé que les Juifs et les Grecs s'opposaient à la prédication, l'accusant d'annoncer des superstitions et des doctrines nouvelles. Mais, que dis-je, cette vieille histoire des préjugés est l'histoire de tous les temps, l'histoire du moyen-âge, où les préjugés, obscurcissant les ténèbres même, retenaient les hommes dans l'esclavage de l'ignorance, du despotisme et de la superstition. C'est l'histoire de notre siècle, où l'on voit, malgré les lumières dont il se vante, l'évangile du salut encore méconnu, calomnié, repoussé, quelquefois même livré à la violence et à la proscription.

L'intérêt et les passions entretiennent les préjugés, les perpétuent, et leur donnent une force nouvelle. Le cœur de l'avare, du vindicatif, du sensuel, de l'impie, est un terrain fertile où les préjugés croissent, prospèrent et fructifient. Toutefois, le cœur d'un Nathanaël, honnête et bon, n'était pas complètement dépouillé de cette semence empoisonnée, et, dans tous les temps, l'enfant de Dieu nouveau-né, le chrétien faible encore, doit s'appliquer à l'extirper pour jamais du champ où le Seigneur veut faire fructifier sa bonne semence. Et, ce qui doit surtout l'exciter à le faire, c'est la double considération des fâcheux obstacles qu'il aperçoit, des progrès spirituels, et des secours que le Seigneur lui offre pour le débarrasser de ce fardeau importun.

Les préjugés qui entravent le nouveau chrétien dès ses premiers pas dans la nouvelle vie, sont de natures diverses, je ne sais lesquels sont les plus funestes, ou de ses préjugés défavorables, ou de ses préjugés favorables, ou de ceux dont il est l'objet, ou de ceux qu'il entretient lui-même; car, tour-à-tour, il est sous l'influence d'une opinion injuste contre l'évangile, ou d'une opinion trop favorable pour ceux qui le professent, ou bien ceux-ci le découragent en se méfiant de lui, ou le scandalisent en le flattant. Que le nouveau converti y prenne garde.

Je dis, d'abord, que l'enfant de Dieu nouveau-né est entravé dans sa course par des préjugés contre la doctrine de l'évangile. C'est un reste du vieux levain. Faut-il s'en étonner? il a entendu si souvent, si long-temps et si cruellement calomnier l'évangile, il l'a si légèrement jugé lui-même avant de le connaître, que, bien que ses yeux aient été ouverts à une nouvelle lumière, ils sont encore éblouis et distraits par les nuages du doute et de l'ignorance. Qui n'a entendu dire, qui n'a dit long-temps lui-même, de la doctrine orthodoxe, avant de l'avoir étudiée, et surtout avant de l'avoir crue : c'est une doctrine nouvelle ; tandis qu'en la voyant de près, à la lueur de l'Écriture

Sainte, on est forcé de reconnaitre que c'est la doctrine de nos pères, la doctrine de la primitive église,
la doctrine des apôtres, la doctrine de Jésus-Christ,
l'éternelle vérité? Qui n'a entendu dire, qui n'a long-
temps dit soi-même, de la vie des chrétiens convertis,
qu'elle est une exagération? Mais, venez et voyez,
jugez de cette vie par la sainte loi de Dieu, et vous
verrez que cette vie du chrétien, qui vous paraissait
si austère ou si ardente, n'est encore que glace et
imperfection en présence de ces saints préceptes :
*Tu aimeras Dieu de tout ton cœur, de toute ton âme,
de toute ta pensée. Tout ce que vous faites, faites-le
pour la gloire du Seigneur.* Le nouveau chrétien, au
jour de sa conversion, a vu quelques-unes de ses illusions se dissiper, quelques-uns de ses préjugés
tomber pour faire place à la vérité; que ce changement lui enseigne ce qu'il doit estimer, les jugemens défavorables qu'il porte encore sur quelques
points de l'évangile de vérité, et qu'il prenne désormais la résolution de ne plus prononcer sans connaître,
ou du moins sans s'être rendu le témoignage d'avoir
suivi ce précepte évangélique : Venez et voyez.

Nous en disons autant des jugemens que des chrétiens faibles encore portent sur les chrétiens plus
avancés, au milieu desquels ils désirent prendre place.
Mais ici, bien que dans les premiers temps, les nouveaux convertis hésitent encore à s'unir à la société
de ceux qui les ont précédés, parce qu'ils craignent
encore l'opprobre auquel ils les ont vus si long-temps
en butte de la part du monde, et qu'ils n'ont pas
craint eux-mêmes de leur dispenser; toutefois, je
redoute peut-être encore plus l'influence d'un préjugé
tout contraire, je veux dire d'une trop favorable

opinion pour ces frères, que l'enfant nouveau-né se représente peut-être d'abord bien plus fidèles, bien plus charitables, bien plus excellens qu'ils ne sont en réalité. Et lorsque, les voyant de plus près, il découvre leurs imperfections, leurs mille misères, n'est-il pas à craindre que cette âme, si promptement impressionnée, ne revienne brusquement d'une douce illusion et ne tombe dans le découragement, sinon dans le scandale? Sans doute, il trouvera dans la communion des chrétiens, ses nouveaux frères, beaucoup de fraternité, d'édifians exemples et de doux encouragemens ; mais qu'il ne se fasse pas d'avance un idéal de perfection qu'il ne rencontrera pas dans la vie réelle, et qu'il ne s'appuie pas sur l'homme, mais sur le bras tout puissant de Dieu, pour avancer dans la sanctification et vers la paix. Plusieurs ont fait naufrage en n'y prenant pas garde.

Et puis, ces frères ne vous ouvriront peut-être pas tout d'un coup leurs rangs : l'histoire évangélique rapporte que les fidèles de Jérusalem ne se joignirent pas tout d'un coup à St. Paul, après sa conversion ; ils ne purent effacer, sur-le-champ, le souvenir du violent persécuteur qui, la veille, menaçait l'église de carnage et de destruction. Les chrétiens attendent quelquefois des témoignages de sincérité et de foi de la part d'un nouveau frère qu'ils ont vu long-temps engagé dans les voies de l'erreur et du péché; quelques-uns, peut-être, poussent la réserve trop loin à cet égard. Que cette froideur, qui n'est sûrement qu'une épreuve momentanée, ne vous rebute pas, chrétien né d'hier ; persévère dans la nouvelle voie, cherche, avant tout, l'amour de ton Sauveur : celui de tes frères qui, aujourd'hui, te méconnait, ne saurait te manquer.

Quelquefois même, par l'effet d'un préjugé tout contraire, cette affection des chrétiens se manifeste avant le temps convenable, ou, du moins, éclate d'une manière indiscrète qui n'est pas sans danger pour le nouveau fidèle : dans leur désir ardent de le voir grandir et se fortifier, les chrétiens plus avancés lui supposent un développement et une force qu'il n'a pas encore, ils s'en réjouissent, ils s'en entretiennent, ils publient à haute voix ce nouveau triomphe de la grâce ; imprudens, ils ne savent pas qu'ils vont faire naître ou développer dans cette jeune âme la plus fatale des dispositions, l'orgueil spirituel.

Je signalerai, enfin, à la sérieuse attention de notre nouveau frère, le préjugé par lequel il juge trop sévèrement de ceux qui n'ont pas encore reçu toutes les grâces dont il vient d'être lui-même l'objet, oubliant ce qu'il était encore hier, un incrédule et un pécheur, oubliant ce qu'il est encore, un enfant faible dans la foi et dans la sainteté.......

Indiquer ces funestes effets des préjugés, sera, j'espère, contribuer puissamment à les détruire. Il importe que le chrétien les chasse au plus tôt ; à cet effet, mon frère, *venez et voyez*...... Approchez-vous de Jésus comme fit Nathanaël, suivez-le jusque dans son humble demeure, vivez dans son intimité, pénétrez-vous de son Esprit, sondez sa parole ; les ténèbres sont passés, vivez, non comme des enfans de ténèbres, mais comme des enfans de lumière.

———

LA FOI.

Examinez-vous vous-mêmes pour savoir
si vous êtes dans la foi.

2 Cor., xiii, 5.

La justification par la foi, cet évangile de nos pères,
cet évangile des réformateurs, cet évangile des chrétiens primitifs, cet évangile de St. Paul, cet évangile
des apôtres, cet évangile de Jésus-Christ ; la justification par la foi, cette base de tout l'édifice évangélique, cette consolation des pécheurs, cette force des
fidèles, cette source de toute sanctification et de toute
paix, la justification par la foi est maintenant annoncée
en tous lieux et chaque jour par la prédication fidèle,
par la littérature chrétienne, par la vie des croyans,
et le monde, malgré ses résistances, le monde, à
force de l'entendre répéter et comme de guerre lasse,
commence à accepter l'expression théologique de cette
doctrine, et à répéter avec l'église : *la foi sauve l'âme....*

Oui, la foi sauve l'âme.... Mais il ne suffit pas de
le dire, il faut bien s'entendre sur ce grand principe.
Oui, la foi sauve l'âme.... Mais il faut avoir cette foi
pour être sauvé. Il faut donc nous expliquer sur ce
grand point. Il faut surtout que ceux qui n'en sont
encore qu'au commencement de la vie chrétienne se
fassent des idées justes sur la foi évangélique, son
objet, ses caractères, et sur la source céleste d'où
elle découle avec abondance.

En la réduisant à sa plus simple expression, on

3

peut dire que la foi chrétienne est une conviction profonde des vérités de l'évangile.

On peut la considérer en elle-même, on peut aussi la considérer par rapport à son objet.

Elle a pour objet, Dieu, et tout ce qui se rapporte à Dieu, et alors elle consiste à croire en Dieu et à croire Dieu. Expliquons-nous. Elle consiste à croire en Dieu, non le dieu des païens, qu'ils ont peint matériel et imparfait; — non le dieu des panthéistes, qu'ils trouvent en tout, et qu'ils finissent par ne trouver nulle part; — non le dieu des philosophes, froid, implacable, sans entrailles, lui-même assujéti à une fatale nécessité; — non le dieu des mondains, dieu complaisant, facile, aveugle pour le péché; — non tel ou tel dieu que chaque homme inconverti se fait selon les caprices de son imagination, et quelquefois selon les intérêts de ses goûts et de ses passions; — mais le Dieu vivant et vrai, Dieu selon l'évangile....

Dieu *le Père*, qui a créé tout ce qui existe, qui conserve son œuvre par sa Providence, et qui dans son amour réunit autour de lui une famille dont il choisit les membres par sa grâce libre et souveraine.

Dieu *le Fils*, qui a été fait chair, semblable à nous, qui a souffert, qui est mort, et par le sang duquel nous avons le salut et la paix.

Dieu *le Saint Esprit*, qui veille aux destinées de l'église, qui instruit, convertit, régénère, sanctifie, console et réjouit ses enfans, et les prépare ainsi à leur céleste destinée.

Dieu trois fois Saint, Dieu unique, Dieu parfait, parfaitement puissant, parfaitement souverain, parfaitement sage, parfaitement saint, parfaitement miséricordieux et bon....

Voilà le Dieu dont la foi nous appelle à reconnaître l'existence, et l'action continuelle, et la présence adorable. Elle nous appelle non seulement à croire ainsi en lui, mais encore à *le croire*, oui, à le croire quand il parle, quand il promet, quand il ordonne, quand il menace.

L'Ecriture sainte contient le dépôt de sa parole, de ses promesses, de ses volontés et de ses menaces; et la foi chrétienne accepte ses enseignemens avec une entière confiance et une filiale docilité. Elle les accepte comme ils sont donnés, en accordant à chacun l'importance respective que la parole leur assigne elle-même. L'Eternel, dans sa parole, a prononcé la déchéance de l'humanité; il a décrit les funestes ravages que le péché a produits en elle, et l'avenir terrible que lui-même, juste juge, réserve aux inconvertis; et le fidèle croit à cette chute et à cette corruption, bien qu'elle le froisse et l'humilie. La Parole annonce la nécessité d'une expiation pour la réhabilitation du pécheur, et le fait d'un sacrifice accompli par Jésus-Christ, appliqué à l'âme humiliée et croyante, pour la justifier gratuitement, parfaitement et éternellement, et le fidèle croit à ce salut gratuit et au moyen extraordinaire et divin que Dieu a employé pour nous l'acquérir. La parole annonce le don et l'intervention de l'Esprit de Dieu au milieu des siens, pour détruire, par ses influences, les dernières traces que le péché a laissées dans l'âme si long-temps de son esclave, et le fidèle accepte cette nécessité et cette réalité de la conversion et de la sanctification par le Saint Esprit. La parole annonce une vie nouvelle, la résurrection, la gloire, et le fidèle regarde au ciel, il croit, il espère....

Voilà les objets saints et vénérés de la foi évangélique. Parlons maintenant de ses caractères.

Celui qui frappe d'abord mon esprit, c'est qu'elle
doit être *personnelle*. Lorsque Jean-Baptiste vint au
monde annoncer la venue de Christ, il reprochait aux
Pharisiens de se croire dispensés de la repentance,
parce qu'ils pouvaient se dire : *nous avons Abraham
pour père*. Je crains que plusieurs chrétiens de nom
ne soient disposés à tomber dans la même erreur,
en se disant : nous appartenons à une église qui possède la vérité, et qui dans tous les âges a su repousser
courageusement l'erreur : nos pères ont été des chrétiens fidèles. *Chacun portera son propre fardeau....*; la
fidélité de vos pères ne saurait excuser votre infidélité,
et la pureté de votre église ne saurait cacher vos
désordres. Je trouve, au commencement de tous les
symboles, non pas nous croyons, non pas on croit
dans nos églises, non pas nos pères ont cru, mais
je crois. Voyez donc où vous en êtes à l'égard de la
foi; faites l'inventaire de votre conscience, et jugez-
vous vous-mêmes avant que vous soyez jugés.....

C'est assez vous dire que votre foi doit être *sincère*.
Elle n'est pas, en effet, une affaire entre l'homme et
nous ; il n'est pas nécessaire, pour que nous soyons
sauvés, que les hommes nous croient fidèles et convertis, et, bien qu'il nous soit enjoint de laisser parler
notre bouche de l'abondance de notre cœur, de faire
luire notre lumière devant les hommes, et de confesser
courageusement en leur présence l'espérance qui est
en nous, ces démonstrations n'ont pas pour but
d'obtenir, de cette nuée de témoins qui nous entourent, une absolution qu'ils ne peuvent nous donner.
C'est Dieu qui est le juge définitif de notre foi : c'est

lui qui en apprécie la valeur ; c'est lui qui, dans sa bonté, veut y répondre par l'application du sang de Christ ; mais ce Souverain Juge, scrutateur des consciences, fait descendre sur elles son œil pénétrant, tout est à nu et à découvert aux yeux de Celui à qui nous devons rendre compte ; il ne se laisse pas tromper par l'apparence extérieure des personnes ; c'est pourquoi il faut que notre foi soit une réalité, un mouvement de l'âme, plus qu'une adhésion de l'esprit, et que chacun puisse dire avec sincérité : J'ai cru, c'est pourquoi j'ai parlé !

J'ajouterai que la foi du chrétien est une foi *simple*. Je veux dire par là qu'elle doit se réduire à la confiance en Dieu, sans se compliquer de réticences, de distinctions, de raisonnemens, de démonstrations. Quelqu'un a dit que croire est opposé à voir ; à ce titre, il ne faut pas que notre foi dépende d'autre chose que de la simple promesse de celui qui n'est pas homme pour mentir, ni fils de l'homme pour se repentir. Un exemple fera comprendre ma pensée. Dieu promet d'exaucer nos prières lorsque nous nous adressons à lui avec foi. Celui qui ne croirait à la possibilité d'être exaucé de Dieu, quand il lui demande une bénédiction ou une délivrance, qu'autant qu'il verrait clairement les moyens que Dieu employera pour la lui faire obtenir, n'aurait pas une foi simple, ou plutôt il n'aurait aucune foi, car il regarde à la terre et non au ciel, il regarde à l'homme et non à Dieu. *Dieu a parlé, il est écrit*, voilà les raisons suffisantes d'une foi vraiment simple et confiante.

Ce n'est pas à dire, cependant, que la foi puisse se contenter de demi-clartés, et s'abriter dans l'igno-

rance. Les enfans de Dieu sont des enfans de lumière,
et leur foi doit être *éclairée* et *positive.*

En disant que notre foi doit être *éclairée*, notre
esprit se porte d'abord sur les moyens que Dieu nous
donne pour éclairer notre foi, et sur le résultat positif de nos efforts dans l'emploi de ces moyens.

Les moyens propres à éclairer notre foi sont, dans
notre église protestante, l'étude, la méditation de
la parole de Dieu. Vous entendez beaucoup parler
autour de vous, et vous parlez beaucoup vous-même
du *droit d'examen*, comme étant le fondement de notre
religion réformée. Il faut s'entendre là-dessus. Le
droit d'examen, tout seul, n'est qu'une méthode d'in-
vestigation ; le droit d'examen, tout seul, ne forme
pas la foi et ne fonde pas une église, et si la nôtre
n'avait pas d'autre lien, on ne voit pas pourquoi les
athées, les incrédules et autres libres penseurs, n'en
seraient pas les membres les plus distingués. Il ne
s'agit pas non plus du droit de citer la parole de
Dieu au tribunal de notre orgueilleuse et faillible
raison, ce serait détruire tout d'un coup le bienfait
de la révélation qui nous a été donnée, pour suppléer aux lumières qui nous manquaient naturelle-
ment, ce serait prétendre à s'élever au-dessus de Dieu
lui-même. Mais, il s'agit d'abord de l'acceptation de
la Bible, comme parole de Dieu, puis de l'étude
honnête et sérieuse de ce document sacré, et, enfin,
de l'emploi de cette règle souveraine, pour examiner,
accepter ou rejeter tous les enseignemens des hommes ;
et pour réduire notre protestantisme en une formule,
il consiste à *examiner toute chose par la parole de
Dieu.* Mais, ce n'est encore là qu'une méthode, et il
faut qu'elle amène à un résultat positif ; car, si St.

Jacques a dit : examinez toutes choses, il ajoute : retenez ce qui est bon. Il ne faut donc pas se contenter de repousser l'erreur, il faut en venir à connaître, à accepter ce qui est vrai, et quand on a trouvé la vérité, il faut être prêt à en rendre raison au monde, et à s'en rendre compte à soi-même ; familier avec le saint livre, il faut que chacun, en proclamant les grandes vérités de sa foi, puisse ouvrir le livre, à la page, au verset qui en offer l'expression claire et certaine ; sachez bien que vous ne pouvez être protestant qu'à ce prix.

Enfin, la foi doit être *active* en œuvres d'amour et d'obéissance, et fertile en bons fruits. Il n'est pas même possible de la concevoir autrement. Quelques esprits peu éclairés ou peu réfléchis, semblent craindre pour les œuvres quand ils nous entendent si souvent insister sur la foi ; mais, ne voient-ils donc pas qu'en prêchant la foi, nous préparons les âmes à la pratique des bonnes œuvres. Que seraient nos œuvres sans la foi ? Qu'ils se rassurent donc, s'ils sont sincères quand ils craignent pour les œuvres, car nous les voulons aussi, et c'est parce que nous les voulons réelles, saintes, humbles et agréables à Dieu, que nous voulons la foi à l'évangile, qui en est la seule source abondante et intarissable......... Comment celui qui, réveillé par l'Esprit saint, se croit perdu a cause de ses péchés, comment, dis-je, pourrait-il aimer le péché et persévérer dans ses voies d'obscurité et de malheur ? Comment celui qui, instruit par le Saint-Esprit, se croit sauvé par Jésus-Christ, pourrait-il ne pas aimer Jésus-Christ et le Père qui l'a donné ; et comment celui qui hait le péché et qui aime Dieu, pourrait-il ne pas vivre d'une vie nouvelle. C'est pourquoi la foi véritable produit l'activité chrétienne : Je te montrerai ma foi par mes œuvres, disait St. Jacques.

Ainsi, la foi, la foi telle que nous venons de la décrire, la foi selon l'évangile, nous fait connaître Dieu, ses perfections, ses œuvres, ses volontés, ses promesses. Mais elle est spécialement chrétienne en ce qu'elle concentre notre attention sur la croix de Christ, c'est-à-dire, le moyen unique, incompréhensible et tout puissant par lequel Dieu pardonne aux pécheurs, et dans cette contemplation de la croix, l'âme fidèle acquiert une paix profonde, une espérance vraie, une joie indicible qui naît du sentiment de sa réconciliation avec Dieu. Il ne dit plus le Sauveur, mais mon Sauveur. Il dit aussi mon *Seigneur*, car Jésus, qui a acheté son âme à un grand prix, est devenu le propriétaire de son âme; et cette âme reconnaît la souveraineté de Jésus-Christ ; elle désire vivre pour lui, se donner entièrement à lui.... Etant donc justifiés par la foi, nous avons la paix avec Dieu notre Père, par Jésus-Christ Notre-Seigneur.

Cher lecteur, avez-vous cette obéissance, avez-vous cette paix, ou, en d'autres termes, avez-vous cette foi ?

Je crois entendre plusieurs d'entre vous s'écrier : nous voudrions bien l'avoir, nous voudrions croire ; qu'ils sont heureux, ceux qui croient, nous les voyons calmes et heureux, résignés et patiens, actifs et dociles ! Oh ! qui nous donnera la foi....?

Êtes-vous sincères ?.... Je crains que plusieurs ne le soient pas. Ils disent : qui me donnera la foi? et je les vois inactifs pour l'obtenir ; je les vois vivre dans un monde où tout distrait l'âme et l'arrache à la foi ;

je les vois s'éloigner de la maison de Dieu, où chaque dimanche les grands objets de la foi sont proclamés ; je les vois abandonner à l'oubli et à la poussière la sainte Bible qui en fait connaître les élémens ; je les vois fuir et redouter les conversations des fidèles qui, croyant, cherchent à propager leurs sainte foi ; je les vois nourrir leurs âmes de préventions, de doutes, d'erreurs ; et puis ils s'écrient ensuite : que je voudrais croire ; qui me donnera la foi ! A ceux-là je n'ai rien à dire pour aujourd'hui....

Mais chez d'autres ce langage est bien l'expression de leur cœur ; ils s'agitent, ils cherchent, ils lisent, ils prient, ils appellent la foi à grands cris. Mon frère, ne vous découragez point, il n'est pas loin de croire, celui qui désire sincèrement la foi ; car, bienheureux sont ceux qui ont faim et soif de la justice, le Seigneur leur a promis de les rassasier. Ecoutez donc quelques conseils fraternels.

Et d'abord, pénétrez-vous bien de la nécessité de la foi, ne la considérez pas comme un simple progrès de l'âme, comme une grâce de luxe, si je puis ainsi parler, précieuse, mais non nécessaire. C'est une condition indispensable : sans la foi, impossible de plaire à Dieu, sans la foi, impossible d'être en paix avec Dieu ; sans la foi, impossible d'être sauvé. La parole de Dieu, qui est la vérité, le dit de la manière la plus positive.

Ensuite, même avant d'être arrivé à la foi, faites l'essai des choses de la foi, essayez de la prière, essayez de culte ; essayez de la sainteté, essayez de la vie chrétienne, essayez de la charité, essayer de l'amour chrétien.

Soyez attentifs aux enseignemens que Dieu vous

donne dans la vie. Oh ! ne les laissez pas passer in-
aperçus , que la joie vous rende reconnaissans , que
le deuil vous rende sérieux , que les mécomptes de
la vie vous rendent attentifs aux espérances rendues
par la foi.

Ce ne sont encore là que des préparatifs. Venez-en
aux grands moyens. L'Ecriture , propre à vous instruire
et à vous convaincre , les indique. La foi vient de
l'ouïe , et de l'ouïe par la parole de Dieu , dit-
elle. C'est pourquoi , sondez les saintes Ecritures,
si vous le faites , non avec cet esprit de critique et
de dénigrement qui est décidé d'avance à ne rien croire
et à tout repousser , mais avec cet esprit humble et
docile , qui se réjouit de la vérité ; vous trouverez
non-seulement dans l'Ecriture les vrais objets de la
foi , mais encore vous y trouverez la foi elle-même;
car les vérités de l'évangile y sont présentées sous les
formes les plus accessibles pour l'esprit, les plus tou-
chantes pour le cœur , l'Ecriture est accompagnée
d'une efficace telle que la parole de Dieu , qui y est
contenue, ne retourne jamais à Dieu sans produire
un puissant effet sur ceux qui s'en instruisent.

A ce moyen puissant , ajoutez celui qui procura la
foi aux apôtres, qui la procura aux martyrs, qui la procura à tous ceux qui l'ont possédée en tous temps ;
allez à Dieu par la prière, et dites lui : Seigneur
augmente-nous la foi , donne-nous la foi ; je crains
que vous ne l'ayez pas assez demandée , et qu'en
la demandant vous conserviez en votre cœur la
secrète pensée que vous pourriez l'avoir sans le secours du ciel , et que vous pourriez vous en passer si
elle ne vous était pas dispensée. Allez à Dieu et sou-
mettez-lui vos doutes, ouvrez-lui votre cœur , étalez

devant lui vos misères, demandez-lui de vaincre ces résistances, et, par la puissance de son esprit, de vous aider à croire. En vous approchant de lui, dites comme Jacob: Seigneur, je ne te laisserai point aller que tu ne m'aies béni.

Et quand vous aurez employé ces moyens avec ferveur, avec énergie, comme ces violens qui veulent assiéger le royaume des cieux, la foi vous sera donnée, soyez-en sûr, et avec la foi vous aurez tous les biens évangéliques, avec la foi vous aurez la paix, et l'esprit patient, et la charité, et la sainteté, et l'espérance, et la joie. Tout deviendra nouveau pour vous, et la nature dont vous comprendrez mieux et les secrets et les beautés, et la Bible, dont vous saisirez mieux les saintes vérités, et la loi dont vous aimerez mieux les saints préceptes, et la vie humaine dont vous comprendrez mieux le but suprême, et le ciel dont vous goûterez les douces anticipations.

Cependant ce commencement de foi, quelque précieux qu'il soit, ne saurait vous suffire; il faut le conserver, il faut le faire croître.

DES DISCUSSIONS RELIGIEUSES.

—

> Garde le bon dépôt.
> 1. Tim.

Parmi les moyens d'attaque que l'ennemi de nos
âmes emploie pour détruire la foi des faibles, j'en
connais peu de plus dangereux que les discussions sur
les sujets religieux. Les discussions sortent évidem-
ment de l'arsenal de Satan. Il appartient sans doute
à Dieu de tirer le bien du mal, et de faire tourner
les discussions les plus vives à la gloire de son nom ;
mais, lorsqu'il abandonne son enfant aux chances de
ce combat, il n'obtient, pour fruit de ses efforts, que
des doutes nouveaux, le trouble de l'âme, l'amer-
tume du cœur et la perte de la charité.

Ceux qui partagent avec nous cette opinion générale sur les discussions, ne s'étonneront point si le
premier conseil que nous donnons à ceux qui sont encore faibles dans la foi, est de les éviter. Celui qui se
dirait d'avance : je suis assez fort pour être vainqueur,
serait inévitablement terrassé, et, dans sa chute, il
ne manquerait pas de perdre beaucoup de sa foi et de
sa paix. Qu'il se dise bien, que, refuser le combat,
ce n'est pas ici lâcheté, mais humilité et prudence.
Toutefois, je comprends qu'il y a telle circonstance où
il y aurait infidélité à s'obstiner au silence, s'il faut,
méfiant de ses forces, refuser une lutte, il faut savoir
aussi compter sur sa bonne cause et sur l'aide de Dieu
dans une lutte inévitable ; et, si nous plaignons celui
qui se trouve dans cette pénible nécessité, nous ne

comptons pas l'abandonner, voici donc quelques conseils pour cette dangereuse situation.

Avant d'entrer en discussion, pénétrez-vous bien de trois dispositions indispensables : d'un grand amour pour celui avec lequel vous allez discourir, vous intéressant à son salut éternel, et disposé à souffrir beaucoup de sa part, sans aigreur et sans malice ; — d'un vif désir de travailler à la gloire de Dieu et à l'avancement de son règne par toutes les paroles que vous prononcerez, en les dirigeant surtout vers l'édification des témoins qui vous environnent ; enfin, d'un esprit fervent de prière, élevant votre âme à Dieu, afin qu'il combatte en vous, et qu'il ne vous permette pas d'employer d'autres armes que celles qu'il veut lui-même vous fournir. Avec ces dispositions, ne craignez rien, vous serez fort comme David, eussiez-vous à combattre un Goliath, et n'eussiez-vous qu'une petite pierre à lui jeter au front.

Une fois engagé dans le combat, écoutez bien votre adversaire. Il vous attaquera d'une manière négative, je veux dire en opposant des objections à vos croyances ou à ce qu'il s'imagine être vos croyances. Rectifiez l'erreur, s'il vous attribue des principes que vous désavouez ; expliquez-vous clairement sur les termes que vous employez, et demandez-lui d'être clair dans ceux qu'il emploira lui-même. Question bien posée, dit le proverbe, est à demi résolue. Fixez-le à un seul sujet, car il tentera d'en effleurer plusieurs pour vous jeter dans la confusion. Toutes les fois qu'il avancera des assertions qui ne sont pas avérées pour vous, exigez-en la preuve rigoureuse ; répondez par la parole de Dieu : mais citez-la à propos et avec une scrupuleuse fidélité ; Dieu, jaloux de sa cause, la prendra en main et la fera triompher.

Demandez à votre adversaire un compte rigoureux de ses propres croyances positives, alors, d'attaqué vous deviendrez agresseur. S'il ne peut vous dire le fondement de ses espérances, s'il est interdit à cette question directe et personnelle : *et vous, que croyez-vous ?* alors, annoncez-lui le conseil de Dieu ; et ce que vous savez de l'évangile. Faites-le avec humilité, avec fermeté et avec amour. Placez en imagination votre adversaire avec ses croyances incomplètes et erronnées, ou au milieu du malheur, au chevet d'un mourant, ou en présence de la mort, du jugement et de l'éternité, et laissez-le à sa conscience et à ses reflexions.

' Cherchez moins à confondre votre adversaire qu'à le convaincre, car, ce que vous devez désirer, c'est de gagner plutôt une âme à Dieu que de donner à votre vanité la folle gloire d'une victoire. D'ailleurs, ne demandez pas, n'espérez jamais, séance tenante, un aveu de la part de celui que vous cherchez à persuader, sa vanité s'y oppose, et, jusqu'à un certain point, sa raison aussi, il faut à celle-ci le temps de la réflexion ; ce n'est pas tout d'un coup que les démonstrations ou les témoignages que vous lui avez présentés produiront leur effet. Dieu a bien dit que sa parole ne retournera jamais à lui sans effet, mais il n'a pas fixé le moment où elle doit opérer. Il nous serait doux, je le sais, de la voir opérer tout de suite, surtout lorsqu'elle est portée par notre voix, nous sommes aussi impatiens que vains, mais Dieu n'entre point dans ce calcul de nos passions d'hommes, et ses pensées ne sont point nos pensées.

Mais il se peut que les choses se passent et se ter-
minent autrement. Il se peut que l'adversaire s'obstine,
qu'il vous poursuive avec acharnement, qu'il vous
accable d'objections auxquelles vous ne saurez répondre, qu'il vous enlace dans les filets inextricables
du sophisme, et qu'il vous laisse muet et confondu....
Cela se peut, et il faut même un peu compter sur
cette disgrâce, enfans nouveaux - nés. Mais, pour
cela, douterez-vous de la vérité de votre sainte foi ;
une cause serait-elle mauvaise, parce qu'elle a été
soutenue par un mauvais avocat ? Ah ! si vous pouvez
vous rendre ce témoignage : que votre foi est fon-
dée non sur la sagesse des hommes, mais sur la sagesse de Dieu contenue dans la Bible, ne doutez pas
de son excellence, bien que vous n'ayez su la défendre.
Sachez profiter de votre défaite même dans l'intérêt
de vos progrès spirituels. Vous êtes humilié ; mais
n'est-il pas bon de l'être parfois ? Qui sait si la victoire ne vous eût pas rempli d'orgueil spirituel, le
pire de tous ? Qui sait si la défaite ne vous rappro-
chera pas de Dieu, pour chercher les forces que vous
avez, mais en vain, cherché en vous-même ? Une
autre fois vous serez plus prudent et moins présomptueux. Vous avez été faible, et vous saurez désormais
par quel côté ; vous saurez aussi de quel côté il faut
porter la défense. Etudiez de nouveau les élémens de
la foi, lisez plus attentivement votre Bible, tenez-vous
plus près du Seigneur, priez-le plus fréquemment,
avec plus d'ardeur, demandez-lui, ou qu'il vous épar-
gne le combat, ou qu'il combatte lui-même avec vous,
pour donner gloire à son nom et gain de cause à son
éternelle vérité. Après la défaite, ne cessez pas d'aimer celui que vous n'avez pu convaincre. En quoi

différeriez-vous d'un homme du monde, si vous ne saviez pas lui pardonner votre défaite? Si vous ne pouvez le gagner par vos paroles, essayez de le gagner par votre humilité, votre douceur, et l'exemple de votre vie, et demandez à Dieu d'opérer lui-même, par sa grâce, l'œuvre que sa créature n'a pu accomplir.

LE COEUR

SIÉGE DE LA FOI ET DE L'INCRÉDULITÉ.

———

> On croit du cœur.
> Rom., x, 10.

Si le monde oppose à l'évangile une persistante et infatigable hostilité ; si l'immense majorité des hommes, à quelque classe de la société qu'ils appartiennent, passent leur vie entière dans la plus profonde indifférence, quant au salut de l'âme ; si le peuple de Dieu lui-même n'accomplit pas les grandes choses auxquelles il est destiné ; il faut bien en convenir, c'est manque de foi.

Je crois que de nos jours tout le monde, à peu près, le reconnaît ; on va plus loin encore, on voudrait avoir une foi : « Qui nous la rendra? s'écrie-t-on de toutes parts ; qui nous arrachera à notre désolant scepticisme? qui nous affranchira de nos doutes? qui donnera au monde ces principes assurés, ces convictions fortes, ces résolutions définitives qui changent et fixent pour jamais l'état des sociétés et l'aspect de l'humanité tout entière.......? » Tout le monde parle ainsi, et chacun reste sans rien faire, regardant au ciel, oisif et immobile, attendant un miracle........

Lecteurs, c'est à vos cœurs qu'il faut regarder. Là est la vie, là doit s'établir la lutte, là doit se manifester la chute ou la victoire. Notre épigraphe le dit expressément : *on croit du cœur ;* d'où nous pouvons conclure, selon les Ecritures, que lorsqu'on doute,

4

b

on est incrédule du cœur. Cette vérité en renferme deux : 1.º Dieu a disposé par sa providence tout ce qui était nécessaire pour former notre foi ; 2.º les dispositions, les préoccupations, les préventions de notre cœur, ont seules arrêté sa bienfaisante influence. Tels sont les deux faits que nous désirons établir. Qu'il nous soit donné de le faire avec simplicité et avec fidélité, afin que nos âmes, salutairement averties, soient aussi fortifiées et édifiées pour la gloire de Dieu et pour leur propre délivrance de l'incrédulité et du péché !

Nous avons déjà montré que la foi chrétienne est un sentiment profond de confiance en Dieu par Jésus-Christ, et une acceptation entière et illimitée de toutes ses révélations et de toutes ses miséricordieuses promesses.

La foi nous fait accepter Dieu, non selon l'imagination de notre cœur naturel, mais le vrai Dieu, Dieu selon l'évangile, éternel, puissant, sage, miséricordieux et saint. *Père* dans l'adoption miséricordieuse de ses enfans, et dans leur glorieuse adoption ; *Fils* dans le salut des croyans, acquis par son sang précieux ; *Esprit-Saint* dans la conversion des âmes et leur sanctification.

La foi nous fait accepter la parole de Dieu, non selon nos vains raisonnemens et nos présomptueux désirs, mais selon l'évangile, c'est-à-dire, vraie, éternellement fidèle, terrible pour les pécheurs obstinés, bénie pour ceux qui la croient et s'y soumettent.

Or, pourquoi ne croirait-on pas ou croirait-on faiblement à ce Dieu et à sa parole !

Serait-ce faute de lumières ?...... Mais n'avons-nous

pas la Bible et les soixante-six ouvrages qui la composent, écrits en divers temps, présentant la révélation de Dieu sous les formes les plus variées, et,
par conséquent, accessible à tous les esprits ? N'avons-
nous pas toute une littérature religieuse qui, depuis
dix-huit siècles, instruit les nations et leur explique
ce qui pourrait encore être obscur dans les livres
originaux ? N'avons-nous pas la prédication vivante de
l'évangile, qui, chaque dimanche, répand dans toutes
les églises la vérité salutaire aux âmes ? Que dis-je,
chaque chrétien sincère et éclairé ne devient-il pas,
par l'exemple de sa vie et ses saintes conversations,
un foyer de lumière dans le cercle plus ou moins
étendu de son influence, et selon la mesure de son
instruction et de sa foi ? D'ailleurs, les vérités de l'é-
vangile, considérées sous le point de vue scientifique,
sont extrèmement simples ; ce n'est pas par la sagesse
du monde que le monde a connu Dieu. Aussi, loin
de nous plaindre ou de demander de nouvelles lumières, ne devrions-nous pas bénir Dieu de toutes
celles dont il nous a entourés, et nous écrier, avec
un cœur reconnaissant : je te loue, ô Dieu ! maître du
ciel et de la terre, de ce que tu as révélé ces choses
aux simples et aux petits enfans !

Pourquoi donc n'a-t-on pas la foi ? Serait-ce faute
de preuves ?....... Mais Dieu lui-même s'est chargé de
nous les donner puissantes et multipliées, et, quand
il l'a fallu, extraordinaires et miraculeuses..... L'existence même d'une révélation, excellente en elle-
même, toujours digne de Dieu, toujours sublime dans
l'expression, toujours la même dans ses enseignemens
progressifs, malgré la succession des siècles et les
révolutions qu'ils amenèrent ; l'opération de miracles

éclatans et avérés ; l'accomplissement des prophéties, dont les effets ont changé l'aspect des nations ; la multiplication et la diffusion de la parole de Dieu, ses succès dans le monde, son influence sur les peuples les plus civilisés, ses triomphes de chaque jour, ses élémens de durée éternelle ; l'existence d'un peuple chrétien qui, partout, se distingue par la pureté de ses mœurs, l'effusion de sa charité, ses trésors spirituels, son courage, la dignité de son attitude..... voilà la démonstration que Dieu a donnée au monde. Et, de bonne foi, dites, quelle preuve manque-t-il à cette démonstration ? quel miracle à ces miracles ? quel témoignage à ces témoignages ?......

Que vous manque-t-il donc pour avoir la foi ?...... Les avertissemens de Dieu ?...... Je touche ici à des faits d'expériences personnelles. Je m'adresse ici à celui qui pourrait être encore le plus éloigné de la foi chrétienne, et je lui dis : mon frère, pouvez-vous affirmer que Dieu ne s'est jamais approché de vous, qu'il n'a jamais étendu sur vous la main bénie de sa providence, qu'il ne vous a dispensé aucun bienfait spécial, ni envoyé aucune épreuve salutaire ? Pouvez-vous dire que Dieu ne vous a préparé aucune de ces circonstances particulières où l'âme est fortement émue, la conscience bouleversée, l'homme intérieur ébranlé ? Pouvez-vous dire que Dieu ne vous a jamais appelé, sollicité, conjuré ?..... Avouez-le, plus d'une fois votre esprit a reçu de vives impressions, et, cependant, en cela, vous n'avez pas encore la foi.…. Pourquoi ? oui, pourquoi ?...... Parce que l'homme intellectuel seul avait été éclairé, convaincu, ému ; mais l'homme moral n'avait eu aucune part à ces lumières, à cette conviction et à ces émotions. Jérusalem ! Jérusalem ! que de fois le Seigneur n'a-t-il pas voulu rassembler tes enfans, comme une poule rassemble ses poussins sous ses ailes, mais tu ne l'as pas voulu !

Le siége véritable de notre foi se trouve dans notre volonté, dans notre cœur. St. Paul établit cette vérité, quand il dit : *on croit du cœur*. L'Ecriture confirme en plusieurs lieux ce témoignage important. Veut-elle dépeindre le caractère de la foi sanctifiante, elle dit, par l'organe de St. Paul : *si tu crois* EN TON CŒUR *que Dieu a ressuscité Jésus - Christ d'entre les morts, tu seras sauvé ;* veut-elle dépeindre la folie de l'incrédule, elle dit par la bouche de David : *l'insensé a dit* EN SON CŒUR, *il n'est point de Dieu ;* veut-elle indiquer les circonstances les plus favorables à l'acceptation de l'évangile, elle parle de la bonne semence qui tombe dans une terre bien préparée, dont elle fait l'emblème *d'un cœur honnête et bon ;* veut-elle appeler l'infidèle au plus grand acte de la foi, elle lui dit, par la bouche de Salomon : *mon fils, donne-moi ton cœur ;* veut-elle, à la fois, montrer la source de la vie et le moyen de la préserver du naufrage : *garde ton cœur plus qu'aucune chose qu'on garde,* dit-elle par la même voix inspirée, *car c'est du cœur que procèdent les sources de la vie......*

Toutefois, n'allez pas vous méprendre sur le sens de ces paroles, et vous imaginer que le cœur naturel de l'homme soit capable de produire de lui-même les semences de la foi. La foi est le don de Dieu, elle est l'œuvre glorieuse du St. Esprit, qui la répand dans les cœurs ; mais si le cœur n'est pas la source, il est le réceptacle de la foi ; aussi, tout en même temps qu'il faut, à cet égard, nous désister de nos folles prétentions, est-il toujours certain que, pour avoir la foi, il faut que le cœur y soit convenablement disposé.

Or, on ne doute pas parce qu'on est placé dans telle ou telle circonstance ; on ne doute pas parce qu'on est ignorant ; on ne doute pas parce qu'on manque de preuves, ou de secours, ou d'occasion.

On doute parce qu'on a le cœur léger...... On oublie les impressions qu'on a reçues, on abandonne les talens dont on avait été enrichi, on néglige le côté sérieux de la vie, on se détourne des hommes sérieux et des conversations sérieuses, on fuit les occasions de s'instruire, de s'édifier et de croire, on n'est pas attentif aux événemens menagés par la Providence, aux avertissemens de Dieu, aux châtimens qui, tombant sur les pécheurs, menacent chaque jour de nous atteindre. On est oublieux de la mort, du jugement, de l'avenir éternel...... On dit, comme le sensuel de la parabole : mon âme, tu as aujourd'hui beaucoup de biens, mange, bois, et te réjouis ; on dit comme Pilate : qu'est-ce que la vérité ? et on n'attend pas la réponse ; on dit comme Agrippa : tu me persuades presque...:... et l'on ajoute, comme Félix : une autre fois, quand j'aurai le loisir, je t'appellerai.

On doute, parce qu'on a un cœur ingrat. Comblé des bienfaits de Dieu dans sa santé, dans sa fortune, dans sa famille, on jouit du bienfait et on oublie le bienfaiteur. On se croit quitte envers lui quand on a rempli quelques-uns des devoirs de la vie sociale ; on oublie ses relations avec Dieu, on perd de vue la nécessité de la foi, on finit par croire qu'il est indifférent de croire ou de ne pas croire, de croire telle chose ou telle autre, et l'on demeure dans l'incrédulité, parce qu'elle dispense au moins des gênes de la reconnaissance.

On doute, parce qu'on a un cœur partagé..... On est absorbé par ses affaires, où trouverait-on le temps de s'occuper de sa foi ? — On est préoccupé de ses soucis et de ses malheurs, où trouverait-on la force pour recourir à Dieu ? — On est dominé par le monde, où trouverait-on le courage pour confesser courageusement l'évangile de Christ en sa présence ?

On doute, parce que le cœur, le cœur mauvais se mettant de la partie, on voit qu'il faudra renoncer à ses affections coupables, pour être conséquent avec la foi chrétienne. Ah ! voilà la cause, la cause véritable. On ne croit pas à l'évangile, parce qu'on craint l'évangile. Un homme invité à entendre les entraînantes prédications d'un pasteur fidèle, répondait : je m'en garderais bien, car il me convertirait; et ce langage, cruellement naïf, renferme l'histoire d'un grand nombre de pécheurs inconvertis.

Croire en Jésus-Christ, se dit-on, mais c'est s'engager à le servir, à l'aimer, à lui plaire, et à lui faire le sacrifice de ce que l'on a de plus cher. Croire en Jésus-Christ, mais c'est s'engager à croître dans la connaissance et dans l'amour de la vérité, c'est lire sa parole, la méditer, en accepter l'autorité. Croire en Jésus-Christ, c'est l'adorer dans son temple, le confesser courageusement devant le monde. Croire en Jésus-Christ, c'est aimer les créatures de Dieu; et, par conséquent, faire le sacrifice de ses haines, de ses procès, de ses ressentimens, c'est pardonner et bénir. Croire en Jésus-Christ, c'est vivre au monde comme n'y étant pas, c'est renoncer à soi-même, combattre la chair et le sang, se couper un bras, s'arracher un œil, chasser du cœur souillé la convoitise et le péché..... Mais, quand on n'est pas prêt à ces douloureux sacrifices, on aime mieux renoncer à cette foi, se faire un Dieu qui n'est pas le vrai Dieu, un évangile qui n'est pas l'évangile, et dire de la vérité qu'elle n'est pas la vérité......

Alors.... tout en admettant l'idée d'une providence générale, éloignée, le pécheur doute d'une providence particulière, individuelle, puissante, qui épie ses démarches, exauce ses prières, conduit ses pas, compte ses jours.... parce que, trop rapprochée de lui, elle gêne son indépendance et ses coupables desseins.

Tout en reconnaissant la puissance infinie de Dieu, le pécheur doute des miracles, parce qu'ils donnent à la doctrine et par conséquent à la morale de l'évangile une sanction souveraine, une autorité irrésistible, dont un cœur souillé ne saurait s'accommoder.

Tout en avouant et répétant avec la multitude, que tous les hommes sont faibles, que chacun a ses défauts, le pécheur nie la corruption profonde, invétérée du cœur naturel de l'homme; non parce que le fait n'est pas vrai, mais parce qu'il froisse l'orgueil, parce qu'il dissipe de douces illusions.

Tout en reconnaissant la justice éternelle de Dieu et son jugement final et sans appel, le pécheur nie l'éternité des peines; non qu'il puisse se démontrer à lui-même qu'il n'y a pas d'enfer et que l'éternité signifie autre chose, dans l'Ecriture, que l'éternité, mais parce qu'il est effrayé de cette idée, et parce que le cœur, le cœur rusé et désespérément malin, veut encore se ménager des ressources pour éviter l'inévitable conséquence du péché.

Tout en disant de Jésus qu'il est divin, fils de Dieu,

le pécheur inconverti nie sa divinité éternelle et absolue, parce qu'en la niant, il sait qu'il affaiblira tout
le système de son évangile et toute la puissance sanctifiante du salut qu'il nous a acquis.

Tout en disant que Dieu est esprit et qu'il veille aux
destinées spirituelles de son église, le pécheur inconverti nie la personnalité, et par conséquent la divinité et l'action immédiate et réelle du St-Esprit, parce
qu'il sent que celui qui vit par l'Esprit doit aussi marcher selon l'Esprit.

Tout en reconnaissant que le salut a été opéré par
Jésus-Christ, le pécheur inconverti doute d'un salut
entièrement *gratuit*, du salut sans les œuvres de la loi.
Or ce n'est pas qu'en présence de cette doctrine, le pécheur inconverti craigne pour les œuvres, mais parce
qu'en acceptant cette doctrine, il faut faire le sacrifice
le plus pénible, celui du sentiment de sa propre justice et de sa folle prétention d'assiéger le ciel par sa
propre force. — Il doute d'un salut *actuel*, acquis au
pécheur le jour même où il se repent et se convertit,
parce qu'il redoute l'idée de la sainteté *actuelle* dans laquelle il faudra vivre après avoir acquis ce salut. — Il
doute d'un salut *certain*, dont le fidèle acquiert l'assurance par le St. Esprit, parce que le cœur indécis, le
cœur encore charnel et esclave du monde, redoute une
doctrine qui précipite sa décision et son sacrifice.

Et ces doutes, cette incrédulité pour la doctrine de
l'évangile, nous les retrouvons aussi pour la morale
de l'évangile.

On doute de la nécessité de la conversion profonde,
radicale, immédiate, parce que le cœur n'y est pas
encore disposé. — On doute de la nécessité d'une séparation complète des folies du monde, parce que le

cœur chérit encor le monde et ses folies. — On doute
de la nécessité de rendre à Dieu un culte assidu et
vivant, parce qu'on n'aime pas les choses sérieuses et
les conseils et les avertissemens de la prédication de
l'évangile. — On doute de l'importance de la charité
spirituelle, qui donne son intérêt aux âmes humaines,
comme la charité matérielle s'intéresse à leurs souffrances physiques, parce qu'on sait que le prosélytisme chrétien oblige ceux qui entrent dans ses voies
à être eux-mêmes conséquents, dans leur conduite,
avec ces démonstrations extérieures de zèle religieux.

Ainsi partout entre la vérité et notre intelligence
nous retrouvons notre cœur, notre cœur charnel, présomptueux, rusé et désespérément malin. Chacun
en a fait l'expérience, peut-être involontairement,
à son insçu; car ceci n'est pas l'effet d'un calcul
ou d'un plan avoué, c'est une ruse cachée du cœur,
dont les voies sont d'autant plus dangereuses qu'elles
sont environnées de ténèbres.

Or, il est impossible de demeurer dans cet état.

Je vous dirai donc, à vous qui entretenez encore
des doutes sur quelques points de l'évangile : doutez
de vos doutes, doutez de l'impartialité de votre jugement, doutez de la justesse de vos vues sur l'éternelle
vérité de l'évangile. Si quelqu'un veut faire ma volonté, dit Jésus-Christ, il saura si ma parole vient de
Dieu. Et ailleurs il déclare que si les hommes ont
mieux aimé les ténèbres que la lumière, c'est que leurs
œuvres sont mauvaises.

Regardez à votre cœur ! voyez s'il n'y pas quelque
penchant secret, quelque idole cachée, quelque interdit coupable qui vous empêche de vous approcher
de Dieu ; et s'il en est ainsi, luttez contre le penchant,

abattez l'idole, arrachez l'interdit et le jetez loin de
vous. Implorez le secours de Dieu pour cette œuvre,
appelez à grands cris le don de la foi, et pour qu'il
prospère et grandisse en vous, demandez à Dieu qu'il
vous donne, par la puissance du St. Esprit, un *cœur
nouveau*.

Oh ! quand votre cœur sera changé, toutes choses
seront faites nouvelles pour vous ; la nature et la vie
prendront un aspect nouveau ; la vérité vous apparaîtra toute belle et tout aimable, les sentiers de la
foi vous sembleront plus faciles, et la foi elle-même
plus désirable que les perles et l'or fin ; une clarté nouvelle environnera la sainte parole de Dieu ; si vous y
rencontrez des obscurités, vous imiterez cette sainte
femme, la mère de Jésus, qui, lorsqu'elle ne com-
prenait pas toutes les choses qu'on disait de son divin
fils, les *conservait* pieusement *dans son cœur*, et les
repassait soigneusement dans son esprit ; quand vous
rencontrerez des mystères, vous ferez comme les anges, qui courbent la tête et qui adorent. Chez vous la
foi deviendra fertile en espérances et en consolations,
elle rendra votre vie fertile en œuvres d'amour et de
dévouement. Alors de l'abondance de votre cœur votre
bouche parlera ; vous entonnerez l'hymne de la délivrance ; vous raconterez au loin les merveilles de la
grâce de Dieu, et vous pourrez dire en vérité : *J'ai cru,
c'est pourquoi j'ai parlé.*

LE SOMMEIL DE L'AME.

———

> Emporté par le sommeil, il tomba.
> ACTES, xx, 3.

L'AUTEUR des *Actes* [1] rapporte que, pendant une prédication que St. Paul fit entendre à Troas, dans une chambre haute, et qu'il prolongea pendant toute la nuit, un jeune homme nommé Eutichès, qui s'était assis sur le bord d'une fenêtre faute de place, s'abandonnant au sommeil, tomba dans la rue, où il fut relevé mort ; St. Luc ajoute que St. Paul, étant descendu, se pencha sur ce jeune homme, l'embrassa, et dit à l'église affligée : *ne vous troublez point, car son âme est en lui*, et, qu'en effet, les disciples ramenèrent le jeune homme vivant, ce qui fut pour eux tous une grande consolation.

Ce récit, trop clair pour qu'il soit nécessaire de l'expliquer, nous rappelle, dans ses conséquences les plus directes :

Par la mort d'Eutichès, ces accidens imprévus, ces fléaux épouvantables, ces visitations subites que Dieu envoie aux hommes pendant leur sommeil, et qui leur démontrent la puissance irrésistible du Seigneur, les dispensations de sa souveraineté indépendante, la fragilité des choses de ce monde, la brièveté de la vie, la nécessité pressante de la conversion, de la vigilance et de la prière.

[1] Actes, xx, 7, 12.

Et, par la résurrection du jeune homme, cette intervention miraculeuse que Dieu exerçait dans la primitive église, pour établir la vérité par un témoignage venu du ciel même, et cette protection spéciale qu'il exerce encore de nos jours, en nous accordant les consolations ineffables de son esprit, et en nous dispensant les lumières de son évangile par le ministère de ses fidèles serviteurs.

Toutefois, ce fait historique nous rappelle d'autres chutes, d'autres afflictions, d'autres délivrances. Il n'est pas sans rapports avec notre état spirituel. J'y vois un emblème frappant du sommeil religieux, de ses suites funestes, de son remède assuré. C'est sous cet aspect particulier que nous allons l'envisager.

Le sommeil de l'âme est un état de langueur quant au zèle religieux, d'indifférence quant aux objets de la foi, d'inertie quant au service de Dieu, de sécurité quant à l'avenir, d'insouciance quant aux suites maudites du péché, de froideur quant à la charité fraternelle, d'ingratitude quant aux grâces de Dieu, qui, tout en laissant à l'homme son activité pour les affaires, les biens et les plaisirs de ce monde, lui enlève toute énergie dans la vie chrétienne.....

Ce sommeil est tantôt habituel et tantôt passager. Habituel chez l'homme irrégénéré, passager chez l'enfant de Dieu. Chez celui-ci, c'est un accident; chez le premier, c'est un symptôme de l'état naturel.

Tantôt le sommeil spirituel s'empare d'une seule âme, comme il arriva à Eutichès, qui s'endormit et tomba.

Tantôt il envahit toute une église; comme il arriva à celle de Laodicée, qui s'endormit dans son indifférence, et fut détruite.

Mais, dans tous ces cas divers, le sommeil religieux provient d'une même cause, et demande l'application du même remède.

Hâtons-nous de dire ces causes funestes.

La première se trouve dans l'entraînement de l'exemple. Il faut l'avouer, le sommeil religieux est l'état habituel de la plupart des hommes. Elevés pour le monde, ils vivent pour le monde. Ils lui donnent leur activité, leur énergie, leur amour, leur vie. Veut-on, au milieu de ce tourbillon de la vie mondaine, leur rappeler les devoirs de la vie chrétienne, ils demeurent ou interdits à cause de leur ignorance complète des choses qui la concernent, ou ils s'irritent à cause du dédain qu'ils leur ont voué. Cette inertie et ce dédain se manifestent sous toutes les formes et dans toutes les circonstances de la vie : les puissans et les faibles, les riches et les pauvres, les jeunes gens préoccupés par la folie de leur âge, les vieillards qui regrettent un passé irrévocablement perdu, et qui rêvent un avenir impossible : voilà la physionomie de la multitude, et chacun de ceux qui la composent, se laisse entraîner par ce fatal torrent. D'ailleurs, on sait qu'il est possible d'être honnête homme, considéré dans le monde, prospère dans ses affaires, heureux presque dans cette paix du monde. D'ailleurs, elle est si douce, cette paix, on prononce des jugemens si durs sur ceux qui, par leur zèle et leur activité, en troublent le repos de mort......, et bientôt on trouve, par expérience, qu'il est plus doux pour le cœur naturel, moins gênant pour les passions, plus profitable pour les affaires du temps présent, plus commode, en un mot, de dormir avec ceux qui dorment, au risque de mourir avec ceux qui meurent.

Le sommeil religieux est aussi un fruit du péché. Le péché obscurcit l'entendement à l'égard des choses saintes ; il énerve la sensibilité du cœur. La piété gêne le pécheur, la vie religieuse le contrarie, la vérité l'offusque ; le péché est intéressé au sommeil, il écarte tout ce qui pourrait réveiller sa victime ; sous cette influence le pécheur fuit la maison de Dieu, où les appels directs de l'évangile se font entendre, ou, s'il s'y rend quelquefois, il choisit de préférence les prédications qui laissent la conscience à l'aise, celles où l'on évite de parler de la justice de la mort et du jugement à venir. Le pécheur évite la société des chrétiens ardents qui, dans leur zèle reconnaissant, se plaisent à raconter les œuvres de leur Dieu sauveur, et à lui attirer de nouveaux disciples. Le pécheur délaisse la Bible, où le St. Esprit lui-même s'adresse aux âmes pour les inquiéter salutairement ; et bientôt cette âme, si soigneuse de conserver sa fausse et dangereuse sécurité, est frappée de torpeur, si ce n'est d'endurcissement et de mort.

Le sommeil religieux provient encore de l'apparente impunité qui accompagne le péché. La sentence des méchants est différée, on se plait à croire qu'elle ne sera jamais exécutée. Chaque péché n'attire pas sur-le-champ la punition particulière qu'il mérite, on finit par s'imaginer que Dieu est indifférent au péché. On abuse ainsi des grâces les plus signalées du Seigneur ; parce que la grâce abonde, on laisse abonder le péché. On paye ainsi la miséricorde et la longue attente de Dieu par la plus noire ingratitude. On oublie aussi la brièveté de la vie et la fragilité de l'homme. On se sent si fort, le soleil est si brillant, la nature est si belle ! impossible de mourir, ou du moins de mourir

si tôt. On éloigne ainsi la pensée de la mort, du jugement, de l'éternité, et l'on s'endort dans la plus
dangereuse illusion.

Peut-être aussi a-t-on découvert un moyen de donner
le change à la conscience, au moyen du formalisme.
Autre cause du sommeil spirituel. Le formalisme établit une alliance monstrueuse et adultère entre le service de Dieu et le service du monde. On sert le péché
dans le monde et Dieu dans le temple. On se promet
ainsi de goûter à la fois les plaisirs de la terre et les joies
de la piété ; et l'on parvient, à force de mensonges et
d'illusions, à se faire une espèce de paix, qui n'est,
après tout, qu'un assoupissement mortel.

Enfin, le sommeil religieux vient d'un sentiment
funeste de notre propre justice. Nous nous abusons
sur la sainteté parfaite de Dieu, sur l'excellence et
l'étendue de sa loi et sur la souillure invétérée de nos
âmes. Nous oublions les péchés, les actes de rebellion
que nous avons commis ; et parce que nous ne nous
sommes pas rendus coupables des crimes qui désolent
la société, nous disons : tout va bien. Alors là repentance, le salut, la rédemption, l'action du St. Esprit,
nous semblent faits pour d'autres, et dans ce funeste
contentement d'elle-même, l'âme s'abandonne au plus
funeste sommeil.

Tel est le sommeil de l'âme. Or, dans la nature,
le sommeil répare les forces ; lorsqu'il est calme et
profond, il est un signe de santé et de vie : mais quand
l'âme s'endort, elle tombe, elle meurt comme Eutichès, et il ne faut rien moins qu'un miracle pour
l'éveiller et lui rendre la vie.

—

LA REPENTANCE.

—

Faites donc des fruits convenables à la
repentance !

MATTH., iii, 8.

Avez-vous parfaitement saisi le but et la nature du
ministère de Jean-Baptiste, le dernier et le plus grand
des prophètes? Une comparaison le fera comprendre.
Supposez qu'au nombre des nouvelles du jour nous
parvînt celle de la prochaine arrivée, dans nos murs,
du Roi qui nous gouverne, aussitôt des ordres seraient
donnés pour préparer une réception digne de ce mo-
narque, et, à défaut de ces ordres, le bon sens et
l'amour du peuple sauraient y suppléer. Les routes
seraient aplanies, les rues déblayées de tout ce qui
les encombre, la ville entière prendrait un aspect de
joie, tous se prépareraient à cette auguste visite, long-
temps à l'avance on saurait s'assurer de trouver une
place pour voir passer le cortége royal.....

Eh bien ! le précurseur du Messie fut envoyé au
monde pour proclamer la venue d'un Roi qui est le
Roi des rois, et dont l'empire n'aura point de fin. Aussi,
dans l'intérêt de sa gloire, il s'écrie : « Préparez les
voies du Seigneur, aplanissez ses sentiers ; toute
vallée sera comblée, toute montagne et toute colline
seront aplanies, et les chemins seront redressés ; voici,
le royaume de Dieu est proche, toute chair verra le
salut de Dieu ! »

Comprenez-vous bien pourquoi Jean-Baptiste vint au

6

monde, jeûnant et priant? pourquoi son ministère
fut un ministère de tristesse, et son baptême un baptême de repentance? C'est parce que la plus humble
de nos chaumières serait infiniment moins indigne de
servir d'asile au plus grand des Rois de la terre, que
le cœur du plus saint des hommes de recevoir la visite
du Seigneur Jésus. C'est que ce cœur naturel de
l'homme est un pays en état de rébellion. C'est que,
pour le rendre accessible à la visite de Jésus-Christ, il
faut en arracher tout ce qui est incompatible avec sa
sainte et douce présence; et comme cette préparation
exige le sacrifice de plusieurs penchans naturels, de
plusieurs habitudes enracinées, de nos préjugés ché-
ris, de nos douces illusions, et surtout de nos passions
les plus impérieuses, l'égoïsme, l'orgueil, la mondanité, la sensualité et l'avarice, elle ne peut être
accomplie qu'avec larmes et déchirement, avec jeûne
et désolation. C'est, enfin, parce que la prédication de
Jean-Baptiste, ce chaînon qui unit l'alliance des œuvres ou de la loi avec l'alliance de la grâce, devait
convaincre les hommes que sous la première économie
ils sont tous condamnés, afin de les convaincre de
l'excellence, de l'efficacité du pardon que nous assure
la seconde.

Nous avons donc à vous dire, dans l'intérêt du réveil
de votre âme : le royaume de Dieu est proche, votre
Roi plein de débonaireté va venir, êtes-vous prêt à le
recevoir? Regardez à votre cœur, à votre cœur rebelle,
incrédules et mondains; et après avoir ainsi mis la
cognée à la racine de l'arbre, nous avons à vous dire :
amendez-vous et convertissez-vous; ne présumez pas
de fuir la colère à venir, à l'aide du titre d'enfant
d'Abraham ou de chrétien; revenez sincèrement à

Dieu avec larmes et avec contrition ; faites des fruits convenables à la repentance.......

La repentance est une amère douleur d'avoir offensé Dieu. Si on analyse ce sentiment, on remarquera qu'il se compose de regrets et de remords.

De regrets..... Le péché est d'ordinaire accompagné d'inconvéniens, pour ne pas dire de châtimens immédiats. Lorsque le péché est scandaleux, il entraîne avec soi la perte de la réputation ; il peut porter atteinte à la fortune, ou à la santé, ou à la paix intérieure. Quand même il ne serait pas scandaleux, quand même il resterait complètement enseveli dans le secret de l'âme qui l'a commis, il ne serait pas sans inconvénient, car il est toujours une chaîne : il entraîne à d'autres péchés, à des mensonges pour les cacher, à d'autres mensonges ou à d'autrés péchés pour cacher le premier mensonge..... Mais ces appréhensions pour la vie présente ne sont rien en comparaison de celles que le pécheur éprouve lorsqu'il croit à la justice du Seigneur et au jour éternel de la rémunération. Un danger immense le menace : le Seigneur peut suspendre ses arrêts, il peut différer l'exécution de la sentence prononcée sur les méchans, mais nous marchons rapidement vers la tombe et vers l'éternité, qui est au delà. Il est terrible de tomber entre les mains du Dieu vivant, d'être pour toujours exclus de sa présence, séparé du séjour de la lumière et de la paix, pour habiter la demeure des ténèbres, du trouble et du malheur.

Toutefois, ces regrets qu'éprouve l'âme coupable, quand elle vient à reconnaître qu'elle a été ennemie d'elle-même au point de ruiner sa propre paix et de manquer pour jamais sa destinée, cette terreur que

l'attente de la mort, de la justice et du jugement lui
inspire, sont loin de constituer la repentance; car,
réduite à ces regrets et à cette terreur, elle ne serait
qu'un mouvement d'égoïsme, bien entendu sans doute,
mais intéressé, et, par conséquent, sans valeur morale. La repentance selon Dieu est bien autrement
élevée : elle consiste surtout dans le remords ou l'horreur qu'inspire le péché lui-même.

En péchant, on a offensé le Souverain, on a offensé
le Père, on a touché à la transgression et à la souillure, on a sali son âme, on a terni son précieux
joyau. La voix accusatrice de la conscience se fait entendre; elle nous rappelle tous les droits de Dieu,
toute la sainteté de sa loi, toutes les hontes de notre
conduite; elle dit, comme le prophète Nathan à David
adultère et menteur: « c'est toi qui es cet homme-là ; »
elle arrache à Judas ce cri de désespoir : « j'ai trahi
le sang innocent; » elle arrache à St. Pierre infidèle
ces larmes d'amertumes qu'il versa à la vue du regard
à la fois tendre et pénétrant de son Sauveur. A ce titre,
la repentance consiste à se condamner soi-même, à
se mépriser soi-même, à envisager sans feinte toute
la culpabilité du péché, à haïr, à maudire le péché,
et à s'écrier comme St. Paul : je reconnais que le péché
habite en moi, en moi ne se trouve aucun bien, je
ne fais pas le bien que je veux, et je fais le mal que
je hais. Ah ! misérable que je suis, qui me délivrera
de ce corps de mort !

Voilà la repentance en elle-même, mais St. Jean
demande plus : il la demande portant des fruits, sans
doute parce que l'homme éprouve parfois des mouvemens qui sont des apparences de repentance. Or, ce
qui distingue l'apparence de la réalité, ce sont les fruits.

Le premier fruit de la repentance, c'est l'aveu. On le doit à Dieu qui a été offensé, on le doit au monde qui a été scandalisé, on le doit à soi-même qui a été à la fois offenseur et victime. On ne voit pas le pécheur réellement convaincu du péché, lever la tête ou se vanter de ses mérites, se confier dans ses propres forces ; il s'humilie, il s'abaisse, il gémit, il souffre, il pleure.

L'aveu conduit à la réparation. Une réparation complète, absolue, est impossible à l'homme, je le sais. A Dieu seul appartient d'anéantir à la fois toutes les conséquences funestes du péché avec le péché lui-même ; mais je parle de la réparation possible, témoignage par lequel l'âme repentante prouve qu'elle est sincère, car celui qui hait le péché, doit déplorer le mal que le péché a fait dans le monde. —Nous ne pouvons faire, il est vrai, que telle parole légère que nous avions lancée contre la religion n'ait pas été dite, et qu'elle n'ait pas affligé les forts et scandalisé les faibles...... Mais nous témoignons de la sincérité de notre repentance, en changeant de langage, en louant Dieu à la face des moqueurs, et en rétractant nos assertions hasardées devant les personnes sur lesquelles elles auraient pu faire quelque impression. — Nous ne pouvons faire que notre méchante habitude de parler désavantageusement du prochain, n'ait pas nui à sa réputation, ébranlé son crédit, détruit sa paix ; mais nous pouvons montrer la sincérité de notre repentance, en démentant hautement nos jugemens présomptueux, en mettant plus de soin à entourer ce frère de notre estime, que nous n'en avons mis à l'entourer de mépris. Manassé, repentant, détruit les bocages et les hauts lieux ; Zaché, appelé de Christ, s'écrie : «je donnerai la moitié de mon bien aux pauvres, et si j'ai fait tort à quelqu'un, je lui en rendrai quatre fois autant. » Le fils qui avait dit insolemment à son père qui lui commandait d'aller à sa vigne, « je n'y veux point aller, » se repentit et y courut aussitôt.

Mais en réparant vos torts, vous n'avez pas assez fait pour prouver la sincérité, la réalité de votre repentance ; il faut que ce mouvement de retour soit durable, il faut qu'il soit non un accident dans votre vie morale, mais un principe d'action, persévérant dans ses inspirations. Ces larmes, ces terreurs, ces actes de réparations ne seraient-ils que pour un jour, pour se perdre bientôt dans de nouvelles transgressions ? Ce serait se jouer de Dieu et de votre âme. Que reste-t-il à celui qui pèche après avoir reçu la connaissance de la vérité, si ce n'est l'attente du feu de Dieu qui doit dévorer les rebelles ? Voici, mon frère, nouvel enfant prodigue, tu retourneras vers ton Père, et tu lui diras : «mon Père, j'ai péché contre le ciel et contre toi, je ne suis plus digne d'être appelé ton enfant ; » mais ce ne sera pas seulement pour vivre avec lui pendant quelques jours, puis pour lui demander de nouveaux secours et retomber dans la débauche, mais pour vivre toujours avec lui, consoler ses vieux ans, le soulager dans ses travaux, embellir sa vie, et réjouir son âme.

C'est assez dire que la vraie repentance doit être accompagnée de bonnes résolutions et de vigilance. Portez vos regards au loin, dites-vous à vous-même ce que vous ferez désormais, quel sera votre plan de vie, vos soins, vos lectures, vos travaux, votre culte, vos méditations, vos espérances, vos gloires. Si vous avez réellement reconnu votre péché

pour vous en repentir , vous devez connaître vos
faiblesses pour vous tenir sur vos gardes. Ah ! que
vous devez craindre désormais le péché ! avec quelle
promptitude vous devez fuir tout ce qui pourrait vous
entrainer dans ses voies de transgression et de malheur!
la société des incrédules ou des pervers, les spectacles
trop entrainans, les pompes du monde, les lectures
dangereuses , les illusions de la vie, et les mille tentations en présence desquelles votre âme succomberait
infailliblement.

Telle est la vraie repentance ; disons maintenant
ce qui peut la réveiller dans les cœurs.....

Cette œuvre, comme toute grâce excellente et tout
don parfait, vient du père des lumières ; et il n'est
pas plus possible à une âme ensevelie dans le péché
de se repentir, qu'il aurait été possible au paralytique
de marcher avant que Jésus lui eût dit : prends ton
lit et marche. Est-ce à dire que nous n'avons rien à
faire ? Ne me faites pas dire cela pour vous endormir
dans votre erreur, ou pour détruire la doctrine que
je vous annonce. Nous avons à écouter cette voix et
la suivre, comme il est écrit : Si donc en ce jour Dieu
vous fait entendre sa voix, n'endurcissez pas votre
cœur. Or, voici ce que Dieu fait :

Il nous met d'abord en présence de la nécessité de
la repentance ; il nous montre, en effet, qu'il y a une
incompatibilité irréconciliable entre nos péchés et son
éternelle sainteté ; qu'il est impossible que Jésus-Christ
et la souillure habitent en même temps le même
cœur, et qu'ainsi, pour recevoir l'un, il faut néces-
sairement chasser l'autre. Les yeux de Dieu sont trop
purs pour voir le mal. Nul ne peut servir en même
temps Dieu et Mammon ; il n'y a pas d'alliance possible
entre Christ et Bélial.

Après ces déclarations , Dieu nous met en présence de nos transgressions. — Trop souvent nous parvenons à les oublier , mais ce n'est que pour un temps, car le St. Esprit nous les remet en mémoire pour rendre leur souvenir plus importun et plus cuisant.

Il reproche aux uns le peu d'empressement qu'ils mettent à lui rendre les hommages qui lui sont dus, leur négligence du culte, leur mépris pour la prédication de l'évangile.

Il reproche aux autres leur inimitié pour l'évangile, leur incrédulité, les pierres de scandale qu'ils mettent devant les pas des fidèles, leur obstination à rejeter la vérité.

Il reproche à d'autres l'abus qu'ils font de son saint nom, leurs plaisanteries contre les choses saintes, leurs murmures et leurs blasphèmes.

Il reproche à d'autres la violation flagrante et scandaleuse du saint jour du dimanche, jour destiné au repos et à la sanctification, qu'ils consacrent au travail et à la dissipation.

Il reproche à d'autres leur insatiable amour de l'argent, qui les porte à recourir, dans leur négoce, à des voies détournées, à des ruses, pour ne pas dire à des actes frauduleux.

Il reproche à d'autres leur insatiable amour des honneurs et de la considération humaine, qui leur fait sacrifier trop souvent les droits de la vérité et de leur propre dignité, pour complaire aux puissans du siècle.

Il reproche à d'autres leur insatiable amour des plaisirs, qui les porte à négliger les plus saints devoirs pour des illusions et des rêves.

Il reproche à d'autres leur amour excessif d'eux-mêmes, qui les enfle de vanité et d'orgueil, et s'oppose, chez eux, à tout progrès spirituel.

Il reproche à d'autres leur peu d'amour pour le prochain, leur manque de respect pour leurs parens, leur manque de charité pour les pauvres, leur manque d'intérêt pour les œuvres qui ont pour but ou le soulagement ou la régénération de l'humanité.

Il reproche à d'autres leurs mensonges, leurs médisances, leurs calomnies.

Il reproche à d'autres leurs inimitiés, leurs querelles et leurs procès.

Il vous reproche à tous votre manque d'amour pour lui-même, qui est votre Créateur et votre Père; votre infidélité dans son service, vos doutes à l'égard de ses promesses, vos dédains pour ses ordres, votre mépris pour son oint, votre résistance à son St. Esprit.

- Et pour mieux faire ressortir ces désobéissances, il vous rappelle ses bienfaits. Oh! qui dira ces tendres soins du Père, la vie qu'il nous a donnée, la sollicitude infatigable de sa Providence, la révélation et ses trésors de lumières, le don du Fils, la vie du Fils, la mort du Fils, et avec le Fils la vérité, la sainteté, la vie, la résurrection et l'immortalité!.... A ces grâces, que tous les fidèles sont appelés à partager avec vous, ajoutez et comptez, s'il est possible, toutes les grâces particulières qui ont été dispensées à chacun de vous, les bénédictions signalées, les épreuves salutaires, les délivrances inattendues, les avertissemens opportuns, les consolations, les encouragemens, et, si je puis ainsi dire, les caresses du Père pour son enfant chéri....., pour son enfant ingrat; car, voici, vous pouvez mesurer la grandeur de vos péchés à la grandeur de vos priviléges, et le souvenir de chacune de ces bénédictions, doit être comme un trait acéré pour toute conscience que le St. Esprit réveille de sa léthargie naturelle.

Toutefois, si ce tableau des grâces du Père ne suffisait pas pour réveiller dans vos âmes les mouvemens d'une sincère, d'une amère repentance; si le souvenir de l'indifférence, de l'infidélité, de l'ingratitude, dont vous avez payé tant de bienfaits, ne venait pas vous accabler et vous arracher des larmes de regrets....., alors le Seigneur, nous contraignant à exercer notre ministère dans toute sa rigueur, vous rappellerait par notre bouche toutes les terreurs de sa loi. Ecoutez, écoutez les malédictions du Juge suprême, écoutez sur qui elles sont prononcées. Ecoutez, c'est la parole de Dieu !.....

Maudit est celui qui aura maudit son père et sa mère.

Maudit est celui qui fait injustice à l'étranger, à l'orphelin et à la veuve.

Maudits sont ceux qui sont sans compassion: les avares, les médisans, les ivrognes, les ravisseurs.

Maudit est celui qui frappe son prochain en secret.

Malheur à celui qui cherche à faire un gain déshonnête pour établir sa maison !

Maudits sont ceux qui, semblables aux bêtes brutes, suivent leur sensualité, blâment ce qu'ils ne comprennent pas, périssent par leur propre corruption, ils recevront la récompense de leur iniquité; ils aiment à vivre dans les délices, ils ont les yeux pleins d'adultère, ils ne cessent jamais de pécher, ils séduisent les âmes mal assurées, ils ont le cœur exercé à la rapine : ce sont des enfans de malédiction.

Malheur à celui par qui le scandale arrive !

Malheur aux pasteurs qui détruisent ou dissipent le troupeau de l'Eternel !

Maudit est l'homme qui se confie en l'homme, qui fait de la chair son bras, et dont le cœur se retire de l'Eternel.

Malheur à celui qui plaide contre l'Eternel !

Malheur à celui par qui le Fils de l'homme est trahi !

Malheur à vous, scribes et pharisiens hypocrites, qui fermez le royaume des cieux aux hommes, qui dévorez les maisons des veuves, qui nettoyez le dehors du plat et de la coupe, tandis que le dedans est plein de souillures !

Maudit est celui qui ne persévère pas dans toutes les paroles de cette loi, pour les pratiquer.

Jérusalem ! Jérusalem ! qui tues des prophètes et qui lapides ceux qui te sont envoyés, combien de fois ai-je voulu rassembler tes enfans autour de moi comme la poule rassemble ses poussins sous ses ailes ; mais vous ne l'avez pas voulu, c'est pourquoi votre maison va devenir déserte.

Voici, la cognée est déjà mise à la racine des arbres ; tout arbre donc qui ne porte pas de bons fruits, va être coupé et jeté au feu.

C'est une chose terrible que de tomber entre les mains du Dieu vivant.

Il fera pleuvoir sur les méchans des lacs de feu et de soufré, et le vent de la tempête sera la portion de leur breuvage.

Voici, l'Eternel va sortir de sa demeure pour visiter l'iniquité des habitans de la terre ; et qui pourra supporter le jour de sa venue ? qui pourra subsister quand il apparaîtra ?

Le jour du Seigneur viendra comme un larron, dans la nuit.

Ils diront paix et sûreté ! mais la destruction fondra subitement sur eux, et ils n'échapperont pas.

Alors apparaîtra la colère de Dieu au jour de la colère, laquelle les pécheurs obstinés se sont amassée en méprisant la bonté, la patience et la longue attente de Dieu, qui les appelait à la repentance.

Alors on criera après moi, dit le Seigneur, mais je ne répondrai point ; on me cherchera de grand matin, mais on ne me trouvera point : alors la nuit sera venue pendant laquelle nul ne peut travailler ; il sera inutile de frapper, car la porte sera fermée, et trop tard pour demander grâce, car le temps de la justice sera venu !

Pécheurs endormis, pécheurs impénitens, qui de vous pourra subsister devant ces terribles jugemens ? qui de vous pourrait se flatter de fuir cette colère à venir....?

Et si ces foudres de Sinaï, si cette voix de malédiction ne retentissait point jusqu'au fond de vos cœurs, si cet avertissement devenait impuissant....., alors il ne vous resterait plus qu'une ressource : rentrez précipitamment dans vos demeures, pénétrez dans le cabinet le plus retiré, prosternez-vous devant Dieu, prosternez-vous dans la poussière, et dites :

« O Dieu ! mon bienfaiteur et mon juge, fais descendre le repentir dans mon cœur, détruis ma folle sécurité, ouvre mes yeux sur l'avenir qui m'attend, apprends-moi à lire dans les abîmes de mon mauvais cœur, découvre-moi mes transgressions sans nombre, mes péchés détestables, mes habitudes de perdition, livre mon âme à la tristesse religieuse, à la terreur de ta loi ; sans te bien comprendre ni te bien aimer, sans te bien craindre, je me jette dans tes bras pour que tu m'enseignes à t'aimer, à te craindre, à te comprendre, à te prier.

PUISSANCE DE LA PRIÈRE.

En vérité, en vérité, je vous dis que tout ce que vous demanderez au Père en mon nom, il vous le donnera.

Jean, xvi, 23.

La promesse a été faite par Jésus-Christ, et cette circonstance doit lui donner un grand poids à nos yeux. C'est Jésus, issu du Père, qui, de toute éternité, habite son sein et partage sa gloire, et qui, dépositaire de ses secrets, sonde ses projets d'amour, apprécie ses intentions de miséricorde, et compte ses trésors inépuisables; c'est lui qui nous assure que nos prières sont exaucées, et que tout ce que nous demanderons au Père en son nom nous sera accordé.

Remarquez encore que la promesse est accompagnée d'une forme sacramentelle que le Sauveur n'emploie d'ordinaire que dans les circonstances les plus graves, et pour annoncer les vérités les plus importantes : *En vérité, en vérité, je vous dis*, s'écrie le Sauveur ! C'est le sceau que notre souverain Docteur donne à l'autorité de ses enseignemens ; c'est le gage assuré de sa fidélité ; c'est là le serment de Jésus ! Et ce serment sort de la bouche de celui qui lui-même *est la vérité*, possesseur de la vérité, dispensateur de la vérité, vérité vivante au milieu des enfans des hommes !

Et la promesse que cette bouche divine prononce est

d'une simplicité et d'une clarté admirables ; et il fallait qu'il en fût ainsi, de peur que les âmes ne demeurassent dans les ténèbres et dans leur souffrance, faute de cette vérité. *En vérité, en vérité, je vous le dis, tout ce que vous demanderez au Père en mon nom, il vous le donnera.*

Tout ce que vous demanderez. Tout ; ici, point de restriction, point de limites ; *tout*, tout ce qui est nécessaire, dans l'ordre de la nature, à votre bien-être sur la terre ; tout ce qui est nécessaire, dans l'ordre de la grâce, pour le salut de votre âme. *Tout* ce que l'âme qui prie peut souhaiter, *tout* ce qu'elle peut demander au nom de Jésus-Christ : la lumière, la sagesse, la paix, le pardon, l'immortalité et la gloire. *Tout* : la conversion de vos proches, le salut de vos frères, les progrès de l'église, le repos du monde. *Tout* ; ne craignez point d'être indiscret, n'hésitez pas de peur de trop demander : Dieu se plaît à voir ses enfans compter sur lui entièrement et sans crainte ; il aime à nous voir lui demander beaucoup, parçe qu'il se plaît à nous donner beaucoup. Sa parole en est un sûr garant. *Tout ce que vous demanderez avec foi vous sera accordé. Toutes les fois que deux personnes s'accorderont à me demander quelque chose,* dit le Seigneur, *elle leur sera donnée* ; cherchez, et vous trouverez ; demandez, et il vous sera donné ; frappez, et il vous sera ouvert ; et pourquoi? Parce que, dans l'ordre de la grâce, quiconque cherche, trouve ; il est donné à celui qui demande, et on ouvre à celui qui frappe à la porte.

Telle est la déclaration de Dieu : il nous fait connaître en cela le dessein de sa libéralité ; mais il se réserve, dans le secret de sa pensée, la réponse à

deux questions qui, peut-être en cet instant, agitent
l'âme de ceux qui lisent cette page. Il nous affirme,
il nous jure qu'il nous donnera tout ; mais il ne nous
dit point *quand* ni *comment*.

Non, il ne nous dit point *quand* il nous exaucera.
Lui seul connaît les momens favorables ; c'est quelquefois une grâce de sa part, quand il ne nous le fait
point connaître ; c'est aussi quelquefois une faveur,
quand il diffère de nous exaucer. Dieu veut être notre
bienfaiteur, mais non l'esclave de nos capricieuses
volontés, et, tout en mettant ses riches trésors à notre
disposition, il ne veut pas nous permettre d'oublier
sa glorieuse souveraineté.

Il en est de même quand il nous cache les moyens.
Ils sont tous dans sa main puissante, et il en a mille
à sa disposition. Il les choisit conformes au plan général de sa Providence, parce qu'il veut coordonner
toutes choses, par une admirable harmonie, avec ses
desseins sur le monde entier. Il veut que chaque évé-
nement de notre vie, quelque insignifiant qu'il nous
paraisse, soit une pierre importante dans l'immense
et majestueux édifice qu'il élève à sa propre gloire.
L'Enfant de Dieu se prosterne au pied du trône du
Père ; il s'humilie, il prie, mais il ne peut prévoir
qu'il sera exaucé aujourd'hui ou demain, ou plus tard ;
il ne peut prescrire la voie que le Seigneur prendra pour
lui témoigner sa faveur ; il ne peut se flatter que Dieu
dérangera le monde, et fera un miracle pour lui démontrer son amour ; mais il sait aussi que le Seigneur
ferait plutôt un miracle que de manquer à sa fidélité.
Il peut se dire avec humilité, mais avec confiance :
« Je serai exaucé, j'en ai pour garant la parole de mon
Sauveur ; et ce divin Maître n'est point homme pour

mentir, ni Fils de l'homme pour se repentir..... »
Tels ces élus que le Seigneur lui-même nous représente
comme *criant à lui nuit et jour ;* telle cette veuve
importune *qui ne se lassait point ;* tels ces chrétiens
de tous les âges qui s'attendent au Seigneur, le sup-
pliant avec larmes, mais avec une pieuse confiance,
appelant de leurs vœux un avenir de régénération et
de salut, et le règne du Sauveur dans les âmes : avè-
nement glorieux sur lequel ils comptent avec certitude,
bien qu'ils courbent humblement la tête devant cette
déclaration positive : *quant au jour et à l'heure, nul
ne le sait*, ni les Anges du ciel, ni le *Fils de l'homme*,
mais le Père seul.

ORGUEIL ET HUMILITÉ.

—

Dieu résiste aux orgueilleux, mais
il fait grâce aux humbles.
JACQUES, IV, 6.

CETTE déclaration, qui se retrouve dans le livre des Psaumes et dans la 1re Epitre de St. Pierre, s'applique à tous les âges de l'humanité et à toutes les âmes qui la composent. Nous pouvons donc, sans infidélité à l'égard de la parole de Dieu, la détacher de ce qui précède et de ce qui suit, pour la présenter d'une manière isolée et dans un sens absolu, pour l'édification et les progrès spirituels de nos lecteurs.

Par un double effet, d'un côté, cette déclaration nous enseigne à combattre dans nos cœurs l'orgueil, qui est le vice le plus subtil, le plus impérieux, le plus caché, le plus fertile en œuvres de ténèbres, le plus désagréable aux yeux de Dieu, le plus invétéré, le dernier dont l'homme converti se dépouille entièrement.

Et d'un autre côté, elle nous recommande l'humilité, qui est la vertu la moins éclatante, mais la plus aimable, la plus caractéristique de l'enfant de Dieu, la plus convenable au disciple de Christ, la plus difficile, la plus rare, le dernier et le plus précieux fruit du St. Esprit.

Nous allons donc nous adresser à tous ceux qui désirent se connaître eux-mêmes, justifier le titre de disciples de Christ, dont ils font gloire, et avancer dans la sanctification. Nous leur dirons les caractères et les sources de la vertu et du vice exposés dans notre épigraphe ; nous leur montrerons les voies détournées

6

de l'orgueil ; les manifestations saintes de l'humilité ;
nous terminerons en leur faisant connaître , selon les
Ecritures , le sort qui leur est réservé , selon qu'ils
revêtent l'humilité des enfans de Dieu , ou l'orgueil des
enfans du monde.

O Jésus ! c'est surtout dans le dessein que nous nous
sommes proposé , qu'un cœur humble et docile nous
est nécessaire. Donne-le à celui qui écrit , donne-le à
ceux qui lisent ces pages !

L'humilité...... Il ne faut pas la confondre avec la
honte. Celle-ci est un abaissement forcé , où le cœur
se brise , mais sans se soumettre ; l'esprit est terrassé,
mais non convaincu ; l'orgueil est mortifié , mais non
détruit. La honte est une semence stérile dont on ne
peut rien attendre de bon.

Il ne faut pas la confondre avec la timidité , qui se
tient à l'écart , silencieuse et tremblante ; qui , en général , provient plutôt d'un défaut dans l'organisation
que d'un principe moral , et qui cache quelquefois un
levain d'orgueil et de suffisance , d'autant plus dangereux qu'il est soigneusement caché.

Il ne faut pas confondre l'humilité avec la crainte.
L'humilité chrétienne s'allie avec la foi chrétienne , et,
par conséquent, avec la confiance , l'amour et la joie ,
la sérénité et l'espérance.

L'humilité est une disposition du cœur par laquelle,
s'appréciant soi-même à sa juste valeur , on s'abaisse
devant Dieu , dans le sentiment de sa souveraineté et
de sa justice , et en présence des hommes , dans le sentiment qu'ils sont plus excellens que nous.

L'humilité est la vertu de Jean-Baptiste , dont le
ministère fut entouré de tant d'éclat , que la foule sui-
vait au désert , que les Pharisiens et les chefs du peu-

ple interrogeaient, croyant qu'il était le Messie ; mais il leur répondait : Je ne le suis point ; celui qui vient après moi est plus grand que moi ; je ne suis pas digne, en me baissant, de délier la courroie de ses souliers ; il faut qu'il croisse et que je diminue.

L'humilité est la vertu du péager qui se tenait à l'écart dans le temple, et qui, se frappant la poitrine, s'écriait : Seigneur ! aie pitié de moi qui suis un pécheur.

C'est la vertu du centenier de Capernaüm, homme riche et honoré, qui vint au-devant de Jésus, en lui disant : Je ne suis pas digne d'entrer dans ta maison ; dis seulement une parole, et mon serviteur sera guéri.

C'est la vertu de la femme syro-phénicienne, qui, repoussée en apparence, par le refus du Sauveur, lui dit : Seigneur, les petits chiens se nourrissent des miettes qui tombent de la table des enfans.

C'est la vertu de ces enfans desquels le Seigneur a dit que ceux qui leur ressemblent entreront dans le royaume des cieux.

C'est la vertu des pauvres en esprit ; c'est la vertu des débonnaires ; c'est la vertu des justes, qui, au jour du jugement, oubliant le bien qu'ils ont fait, s'écrieront : Seigneur ! quand est-ce que nous t'avons vu malheureux et que nous t'avons soulagé ? C'est la vertu des anges, qui disent aux hommes : Nous ne sommes que vos compagnons d'œuvre.

C'est par dessus tout la vertu de Jésus-Christ, qui, étant riche, s'est fait pauvre ; qui, étant seigneur, s'est fait serviteur ; qui mangea à la table des péagers ; qui lava les pieds de ses apôtres, et qui put dire à ses disciples d'autrefois et à tous ceux qui se réclament de son nom aujourd'hui : Apprenez de moi, car je suis doux et humble de cœur.

L'orgueil...... Il ne faut pas le confondre avec la sainte hardiesse du chrétien, qui, provoqué par le monde, rend compte de sa foi et de l'espérance qui est en lui ; car l'humilité n'exclut pas la dignité et le courage.

Il ne faut pas non plus le confondre avec la joie reconnaissante du chrétien, qui, se sentant délivré des terreurs de la condamnation et adopté de Dieu, raconte les choses merveilleuses que le seigneur a faites pour lui ; car cette joie de la délivrance n'est sincère et véritable qu'autant qu'on a senti ses misères ; et l'humilité n'exclut pas la reconnaissance.

Il ne faut pas confondre l'orgueil avec les glorieuses et saintes espérances du chrétien, qui regarde à l'avenir avec assurance, qui considère le ciel comme sa patrie, Dieu comme son père, Jésus comme son Sauveur, le St.-Esprit comme son guide ; car il ne possède cette noble assurance qu'autant qu'il s'appuie, non sur lui-même ou sur le bras de l'homme, mais sur l'amour tout-puissant du Seigneur.

L'orgueil est une fausse et présomptueuse appréciation de soi-même qui fait que l'on s'élève devant Dieu, dont on révoque en doute la souveraineté ; devant les hommes, qu'on cherche à abaisser ; devant soi-même, qu'on trompe et qu'on endort dans une funeste sécurité.

L'orgueil est le péché des anges déchus.

L'orgueil est le péché orignel des hommes.

L'orgueil est le péché d'Ève, qui voulut être semblable à Dieu connaissant toute chose.

C'est le péché des hommes avant le déluge ; c'est le péché des hommes de Babel ; c'est le péché d'Israël ; c'est le péché de Samson ; c'est le péché de Saül ; c'est le péché d'Haman ; c'est le péché de Nabuchodonosor ;

c'est le péché du Pharisien ; c'est le péché de Caïphe ; c'est votre péché, mon Frère ; c'est votre péché, ma Sœur ; c'est mon péché, à moi ; c'est notre péché, à tous.

Ce qui rend l'humilité d'autant plus rare et l'orgueil d'autant plus commun, c'est que les circonstances mêmes où nous devrions trouver mille motifs pour nous humilier, sont précisément celles où nous puisons un aliment pour notre orgueil. Quelques exemples vont le démontrer.

La science, notre science des choses de la terre et des choses de Dieu...... Quoi de plus propre à nous humilier? Dieu nous a permis, par un persévérant usage de notre raison et de notre intelligence, d'entrevoir le bord de ses plans de sagesse et de puissance. Mais, à force de persévérance et d'efforts, nous n'en voyons que les bords. Le résultat le plus positif d'une grande science, c'est de reconnaître toute l'immensité de ce qu'on ignore encore ; et, dans le sentiment de cette impuissance, on est contraint de s'écrier, comme Job : Connaîtras-tu parfaitement le Tout-Puissant? ce sont les hauteurs des cieux ; qu'y connaîtrais-tu? c'est une chose plus profonde que les abîmes, qu'y trouverais-tu?...... Et, cependant, il n'y a rien peut-être dont on soit aussi vain que de ses connaissances ; moins on en a, plus on s'en fait gloire ; on lève haut la tête devant les hommes, on la lève devant l'Eternel lui-même, on commente sa parole, on discute sa religion, et l'on obscurcit follement son conseil.

La force corporelle, la santé......, un rien peut nous les ravir, et quand on pense à ce corps charnel qui en est le temple, quand on pense à sa fragilité, à ses appétits sensuels, à sa domination dégradante sur la partie spirituelle de notre être, à son avenir

de destruction et de pourriture, on devrait se sentir
profondément humilié....... Mais, non, dans le sentiment de sa force, le jeune homme se croit invulné-
rable, il avance dans la vie sans penser à sa fin ; il
compte sur cette force, et remet l'heure de sa conversion à une époque vague, reculée, que le Seigneur
ne lui a pas assurée.

La fortune....... Dieu avait confié à son serviteur
quelques-uns des biens de cette terre ; mais Dieu ne les
avait pas donnés, il les avait confiés, et il n'en avait
assuré la possession pour aucun temps prescrit. D'un
jour à l'autre, ces biens pouvaient être redemandés,
et avec ces biens, l'emploi qu'on en a fait. Et puis,
considérez de quelle source proviennent ces richesses,
peut-être du hasard de la naissance, peut-être des
chances d'un héritage, peut-être d'une injustice à
l'égard d'un héritier collatéral, peut-être de ces voies
détournées dans le négoce, peut-être de certaines
complaisances dans la vie politique, peut-être aussi,
je l'avoue, d'une industrie honnête et soutenue avec
persévérance ; mais même dans ces cas, venaient-ils
de la puissance de l'homme ou de la puissance de
Dieu, qui seul bénit notre négoce, fait prospérer nos
affaires et fertilise nos champs. Que de motifs donc
à l'humilité, quand nous pensons à la fortune que
nous possédons ! Toutefois, plusieurs d'entre vous,
je le crains, n'en jugent pas ainsi, et leur opulence
les porte à l'orgueil ; ils se croient plus dignes que
d'autres, parce qu'ils sont plus fortunés, on les voit
se parer avec luxe, se traiter magnifiquement. Ils s'ac-
quièrent des maisons ou des champs, et s'écrient comme
Nabuchodonosor : N'est-ce pas là Babylone la grande
que j'ai fait construire ?

La naissance...... On a des ancètres illustres, on a hérité de leurs titres ou de leur renommée..... Et, quand on y songe sérieusement, que de motifs d'humiliation dans ces souvenirs du passé. Quelle est la famille, quelque illustre qu'elle soit par la vertu de quelques-uns, qui ne soit aussi déshonorée par les vices et les folies de plusieurs autres? Quel est l'homme, quelque noble d'ailleurs que soit le sang qui coule dans ses veines, qui ne soit, après tout, un fils d'Adam, c'est-à-dire, un enfant de péché? Le plus humble enfant de Dieu, par le St. Esprit, n'est-il pas d'une race mille fois plus noble que les plus illustres des fils des hommes? Et quelle que soit notre naissance, ne faut-il pas considérer bien plus encore quelle sera notre mort, commune à tous, et pour tous marquée par l'infirmité et la destruction...... Et cependant on est fier de sa naissance, on estime peu les hommes qui n'en égalent pas les gloires, et l'on étale avec complaisance, devant des inférieurs, et ses honneurs et ses distinctions.

Mais, que dis-je, où l'orgueil ne va-t-il pas se cacher? Qu'on le retrouve dans les avantages de la vie présente, rien de surprenant pour ceux qui exagèrent la valeur de ces avantages ; qu'on le retrouve jusque dans les faiblesses et dans les vices des hommes, car le crime a aussi son orgueil, un tel fruit est digne d'une telle origine. Mais, admirez la déception de notre cœur naturel, l'orgueil se trouve jusque dans ce qu'il y a de plus pur, de plus honorable parmi les hommes ; nous retrouvons l'orgueil jusque dans la vertu, jusque dans la piété, jusque dans l'affliction, et, par une contradition que l'on ne croirait pas, si l'on ne savait que le cœur humain est un foyer de contradictions, jusque dans les témoignages de l'humilité elle-mème.

Orgueil dans la vertu.... On a su s'imposer quelques
sacrifices ; on a su se distinguer parmi les hommes par
une conduite honorable ; on a été charitable, je veux
dire, généreux dans l'occasion, et on se complaît dans
le sentiment du bien qu'on a fait : on parle de ses
mérites, on soutient la doctrine du salut par les œuvres ; on se flatte d'être irréprochable devant Dieu.
Et cependant que de motifs de nous humilier dans
l'examen de nos vertus et de nos œuvres ; examinez-
les, ces cœurs : je ne dis pas rappelez-vous vos péchés,
vos manquemens, le mal que vous avez fait par vos
œuvres, par vos paroles, par vos pensées, les occasions
de bien faire que vous avez perdues ; mais examinez
vos bonnes œuvres, la meilleure de vos œuvres, encore entachée d'égoïsme, d'ostentation, d'orgueil. Après
un tel examen, qui pourrait encore lever la tête ? qui
ne serait, au contraire, disposé à l'humilier et à s'é-
crier avec douleur : « O Dieu ! pardonne-nous nos
péchés, et pardonne-nous aussi nos bonnes œuvres ! »

Orgueil dans la piété..... Dès les premiers pas dans
la nouvelle vie, on reçoit des grâces signalées : on a
appris à connaître les Ecritures, on a été l'objet de
plusieurs délivrances, on a reçu déjà l'effet de pré-
cieuses promesses. On se livre bientôt à la sécurité,
à la présomption, à l'orgueil ; on oublie qu'hier encore on n'était qu'un incrédule, un pécheur scandaleux peut-être ; on est tenté de regarder avec dédain
ceux qui n'ont pas encore eu part aux mêmes grâces ;
mais voici l'Ecriture, qui réprime et condamne un tel
esprit d'orgueil, lorsqu'elle dit par St. Paul : « Qu'as-
tu, que tu ne l'aies reçu, et, si tu l'as reçu, pourquoi
t'en glorifies-tu ? »

Orgueil dans la souffrance.... Il est des souffrances

que Dieu nous envoie, et alors on se roidit orgueil-
leusement contre cette épreuve, et l'on se dit : « Je suis
fort, et je ne plierai pas sous la main qui me frappe; »
et cependant cette épreuve avait pour but de nous
humilier en nous démontrant notre fragilité et notre
dépendance complète de la volonté de Dieu. Il est
d'autres afflictions qu'on s'est attirées par sa propre fidélité à la vérité de l'évangile; et, si l'on n'y prend
garde, le cœur orgueilleux trouve encore son profit
à cette courageuse résistance à l'oppression.

Enfin, orgueil jusque dans l'humilité..... Oui, et
c'est là un des témoignages les plus frappans de la ruse
du cœur humain; il en est qui se font bien petits pour
être plus sûrement élevés aux yeux des hommes; il
en est qui parlent de leurs péchés avec toute l'apparence de la contrition, et qui ne peuvent souffrir qu'on
leur reproche le moindre défaut.

Oh! misère, misère de notre pauvre cœur! Qui nous
délivrera de notre cœur orgueilleux ?

Cette œuvre est celle de Dieu, et, pour l'accomplir,
il agit sur nos cœurs par son St. Esprit. Car, si le
cœur naturel de l'homme est un cœur orgueilleux,
le cœur nouveau, créé par le St. Esprit, est un
cœur humble, et le St. Esprit entretient et fait
grandir ce cœur dans l'humilité, en lui rappelant ce
que nous venons de dire, savoir : que nous tournons
au profit de l'orgueil tout ce qui nous est donné dans
l'intérêt de l'humilité; et, dans le sentiment de notre
perversité, qui rend inutile à notre égard le conseil
miséricordieux du Seigneur, nous nous sentons profondément humiliés et confondus.

Le St. Esprit nous rend humble en nous montrant
le prix, l'amabilité et les charmes de l'humilité, en

nous rappelant que nous ne valons quelque chose, qu'autant que nous nous persuadons bien que nous ne valons rien du tout.

Le St. Esprit nous rend humble en nous convainquant de péché, d'ingratitude, d'ignorance, de fragilité et de néant.

Le St. Esprit nous rend humble en nous avertissant de l'avenir qu'il réserve aux humbles et aux orgueilleux.

Quant à ceux-ci, il leur résiste.

Il leur résiste; quelle punition, quelle chose terrible que de tomber entre les mains du Dieu vivant, et, selon la parole menaçante de l'Ecriture, de marcher devant l'écrasement!

Oui, quelle punition; mais aussi quelle grâce! Car, enfin, dans cette résistance de Dieu, l'orgueil peut trouver son remède; l'orgueilleux trouve, enfin, qui entrave sa marche, qui confond son langage, qui rabaisse ses prétentions et qui l'humilie; et qui sait si, dans cette humiliation, le pécheur ne trouvera pas l'humilité?

Mais, par un effet contraire, Dieu fait grâce aux humbles. L'humilité, qui est un fruit de la foi, en renferme tous les élémens constitutifs. L'humilité, comme la foi, nous met en présence de nos péchés et nous enseigne à désespérer de nous-mêmes; l'humilité, comme la foi, nous met en présence de la souveraine miséricorde de Dieu, et nous enseigne à tout espérer de lui, et voilà pourquoi Dieu fait grâce aux humbles. En jetant les yeux sur un peuple chrétien, qui croyez-vous que Dieu approuve et bénit? les plus instruits? les plus forts? les plus actifs? les plus courageux? Nullement, ce sont les plus humbles, ceux dont le cœur est contrit, ceux qui se cachent dans l'ombre, ceux qui désespèrent d'eux-mêmes; ceux-là, il en fait les plus précieux joyaux de sa couronne, et il leur réserve la place la plus glorieuse dans le ciel....

C'est pourquoi, parez-vous d'humilité, faites-en non un vêtement d'apparat, mais un vêtement de chaque jour, qui devienne votre trait caractéristique, auquel on reconnaisse votre ressemblance avec votre divin Maître.—Contemplez l'exemple de Jésus-Christ, qui fut le modèle parfait de la douceur, de la modération, de l'humilité; contemplez l'exemple des chrétiens plus avancés que vous dans la connaissance, dans la foi, dans le dévouement et dans l'amour; et qui sont aussi plus avancés dans l'humilité. Que dis-je, contemplez l'exemple des incrédules, des mondains, que vous serez forcés de considérer comme plus excellens que vous, parce que souvent, malgré les erreurs profondes qui les entourent, ils manifestent des vertus que vous n'avez pas, ils accomplissent des œuvres que vous n'êtes pas encore capables de faire, vous qui avez ou qui croyez avoir la connaissance de la vérité. Demandez donc le cœur humble; demandez-le à Celui qui le donne, et, quand ce cœur vous sera donné, vous aurez sur votre front une couronne de gloire.

L'ASSURANCE DU SALUT.

L'HUMILITÉ s'allie avec l'assurance du salut, lorsqu'on fait reposer celle-ci uniquement et exclusivement sur les mérites du Dieu Sauveur, qui lui-même est à la fois l'auteur du salut et le souverain Docteur qui nous l'annonce. Or, cette conviction d'un salut sûrement et actuellement acquis, tend à donner gloire à Dieu, en démontrant l'effet de sa puissance au milieu de nous; elle dispose aussi nos âmes à une légitime sécurité à l'égard du passé, afin que nos forces morales soient toutes concentrées sur l'avenir de devoirs, de combats et de gloire, qui s'ouvre devant nous.

Et, d'abord, nul ne peut nier *l'actualité* du salut opéré par Jésus-Christ, quant à son application générale. Les hommes étaient *actuellement* perdus, puisqu'ils étaient pécheurs. Jésus-Christ est réellement mort; le salut n'est pas à faire, il est fait, et ce n'est point en vain que Jésus-Christ s'est écrié, pour la consolation de tous les âges : « *Tout est accompli.* » Si tout est accompli, tout n'est pas à faire, rien n'est à faire, rien ne manque, le salut est actuellement et complétement opéré.

Quant à l'application particulière du salut, il en est absolument de même, et il ne peut en être autrement. Nous avons pour le démontrer le simple bon sens et cette parole : « Celui qui croit au Fils *a* la vie éternelle; mais celui qui ne croit point au Fils *est déjà* condamné, parce qu'il n'a pas cru au Fils unique de Dieu. (Jean, III, 18, 36.)

Celui qui croit au Fils A la vie éternelle. N'est-il

pas dit « que le juste vivra de la foi. » Ainsi celui qui
a la foi a aussi la vie ; sous l'influence de la foi, son
âme est affranchie du péché, libre de la condamnation ; la vie, la vie véritable a commencé pour elle,
parce que son salut était préparé dès la mort de Jésus-
Christ. Le salut était nul pour elle, tant qu'elle ne
se l'était pas approprié ; mais, au jour où elle le possède, elle en possède aussi les conséquences bénies,
qui sont la vie et le pardon.

Mais celui qui ne croit point est DÉJÀ *condamné.* Oui,
déjà!.... Au jour où il pécha, son âme mourut. Au
jour où le péché entre dans une âme, il y amène avec
lui toutes ses conséquences maudites, qui sont le trouble, le malheur et la mort. Une âme ne peut pas pécher et goûter les fruits de l'obéissance jusqu'au jour
du jugement ; elle est déjà jugée, déjà condamnée.

Déjà pardonnés ! déjà condamnés !....

Oh ! quelles pensées viennent assaillir mon âme,
quand je contemple la multitude, insouciante et ou-
blieuse, qui se précipite au milieu de la scène de la
vie ! Allez, allez à votre trafic, à vos procès, à vos
plaisirs, à vos projets d'ambition, à vos illusions et à
vos étourdissemens ; vous portez déjà votre sentence ;
elle est écrite ; elle reçoit un commencement d'exécution ; on le connaît à vos ennuis, à vos douleurs,
aux rides de votre front, aux regrets qui suivent infailliblement vos fausses joies.... Déjà condamnés !

D'autres se sont jetés entre les bras du Sauveur ;
ils ont cru au Fils ; ils ont cherché, demandé, accepté
le salut, et ils l'ont sûrement acquis ; viennent les
épreuves, les angoisses de la vie, le rire des moqueurs,
les conseils des pervers ; ils ont le salut et la vie : ils
peuvent oublier les choses qu'ils ont laissées derrière

eux, et entrer dans une nouvelle vie, recommencer leur existence morale, et servir le Seigneur après l'avoir long-temps méconnu. Déjà pardonnés !....

Heureux, les uns et les autres, s'ils se doutaient de cette actualité du salut et de la condamnation ! On verrait bientôt les premiers abandonner leurs habitudes d'insouciance pour devenir sérieux à salut, et s'enquérir diligemment du salut et des moyens de l'obtenir. On verrait les seconds marcher d'un pas plus ferme, et témoigner de leur gratitude envers l'Auteur de leur salut, avec un plus chaleureux dévouement.

Quel que soit l'état où nous nous trouvons aujourd'hui, cher lecteur, Dieu nous fasse la grâce de le connaître clairement et promptement, afin que nous sachions ce que nous avons à *faire* par ce que nous avons à *espérer* !

Ce que nous venons de dire sur l'actualité du salut, peut s'appliquer au sentiment intérieur qui nous donne *l'assurance* que nous le possédons. Toutefois est-il vrai de dire qu'il peut y avoir et qu'il y a en effet des nuances dans la manière dont chacun éprouve cette assurance personnelle.

Tant qu'il s'agit du salut des hommes en général, il ne peut y avoir aucun doute sur cette question. Il est hors de toute espèce de doute pour le chrétien, que les pécheurs repentans qui vont à Christ par la foi, sont sauvés ; qu'il n'y a plus de condamnation pour eux, et que, certainement, ils auront part à l'héritage de gloire que Dieu a promis aux siens. St. Paul en donne l'assurance aux Romains, quand il confirme l'accumulation des grâces de Dieu sur ses enfans, par ces paroles : «Ceux qu'il a préconnus, il les a aussi prédestinés ; ceux qu'il a prédestinés, il les a aussi appelés ; ceux qu'il a appelés, il les a aussi justifiés ; et ceux qu'il a justifiés, il les a aussi sanctifiés. Si Dieu est pour nous, qui serait contre nous ? qui accuserait les élus de Dieu ? c'est Dieu qui les justifie ; qui les condamnerait ? Christ est mort pour eux. » Nous pouvons donc être *assurés* que les fidèles sont sauvés par l'efficace du sacrifice de Jésus-Christ.

Lorsque la question devient personnelle, elle prend un caractère différent, et nous ne pouvons nous défendre d'un mouvement de trouble et de confusion en présence de celui qui nous dirait : « Êtes-vous assuré d'être sauvé ? » La question est absolue, et nous n'avons souvent pour y répondre que des sentimens vagues, un amour chancelant, une foi d'hier, des espérances mêlées de doutes, un cœur faible, un esprit partagé.....

Nul ne peut dire qu'il soit *impossible* au fidèle de parvenir à cette conviction complète de son propre salut, parce que nul ne peut limiter l'action de Dieu dans le cœur de ses enfans. Plusieurs ont joui, dès cette vie, de cette faveur signalée. St. Paul était assuré de son salut, quand il disait : « Je suis assuré que ni la mort, ni la vie, ni les anges, ni les principautés, ni les puissances, ni les choses présentes, ni les choses à venir, ni la hauteur, ni la profondeur, ni aucune créature, ne pourra me séparer de l'amour que Dieu m'a témoigné en Jésus-Christ Notre Seigneur ? » Et plusieurs, après lui, ont pu dire : « La couronne de vie m'est réservée ; le Seigneur, juste juge, me l'a préparée ! »

Ce qu'il y a de certain, c'est que ces fidèles peuvent chérir et professer cette glorieuse assurance, sans qu'il soit permis de les soupçonner du moindre sentiment d'orgueil, car ils fondent cet espoir non sur leurs propres mérites, mais uniquement sur les mérites de Christ, seuls efficaces pour nous obtenir l'effet de la miséricorde divine. Aussi se disent-ils avec candeur et humilité : «Qu'avons-nous que nous ne l'ayons reçu, et, si nous l'avons reçu, pourquoi nous en glorifierions-nous? »

Mais tous les fidèles comptent-ils avec la même assurance sur leur propre salut? Est-il nécessaire à l'acquisition de ce salut lui-même, qu'ils aient acquis cette certitude complète? L'expérience prouve que, pour la plupart, la vie est un temps de lutte, pendant laquelle ils travaillent à leur salut avec crainte et tremblement. L'apôtre leur recommande de s'efforcer de rendre leur élection sûre : « Et cette certitude, tantôt ils la possèdent entière, consolante, ineffable, tantôt elle semble leur échapper; elle devient vague, indéfinie, chancelante ; elle sommeille, elle est comme anéantie. A mesure que les fidèles avancent dans la vie spirituelle, ils avancent aussi dans l'espérance et dans le sentiment de leur paix. Ce sont comme des éclairs de béatitude et de ravissement, que le Seigneur leur accorde dans sa bonté infinie, pour les détacher du monde, et pour les soutenir dans le sentier pénible de la vie, jusqu'à ce que leur espérance soit changée en joie parfaite.

Nous considérons donc l'assurance du salut comme une grâce *actuelle* dans l'âme de quelques fidèles, comme une grâce *croissante* dans l'âme de la plupart, et comme une grâce *virtuelle* dans ceux qui en sont aux commencemens de la vie évangélique; mais, dans aucun cas, nous ne la considérons comme une condition indispensable à l'acquisition du salut, aussi gratuit à cet égard qu'à tous les autres. L'œuvre de Dieu se fait souvent à notre insu; l'essentiel est qu'elle se fasse, et que nous laissions faire.....

www.ingramcontent.com/pod-product-compliance
Lightning Source LLC
Chambersburg PA
CBHW060435260626
47161CB00005B/1929